目次

ひかりのあしおと

熱気が今にも破裂して、私をずぶ濡《ぬ》れにしてしまいそうです。その夏の日、私は小学校の二年生でした。銀色の手すりが膝《ひざ》のうらを掠《かす》め、金属の熱に驚いた足がもつれます。私は少しでも熱気を緩和させようと、洋式トイレの横の水流のレバーを何度も必死にひねりましたが、この造りたての公園にはまだ水が通っておらず、「使用不可」の紙が貼《は》られたままのこの洋式トイレも、奥まで乾いたまま金属音を虚《むな》しく響かせるだけでした。

下の隙間《すきま》から、ピンクの蛍光色をしたナイロンの布地が覗《のぞ》いています。ドアは上部も下部も激しく震えて、私を責め立てています。乱暴にラジカセのスイッチを押す音がし、テープが巻き戻されては再生され、何度も同じ命令が繰り返されていました。『イノレ。イノレ。イノレ』と。

私がピンク色の布地に包まれた怪人に遭遇したのは、明日から夏休みで騒がしい学校を終え、寄り道をしていたときのことでした。その日、終業式を終えた私は、校門を出ると家と正反対の駅の方角へ向かって歩きました。といっても電車に乗るわけではなく、目的は駅を出てすぐ目の前の広場に設置された、この街の大きい模型でした。ここは新興住宅地で、そのことを象徴するように、「ニュータウン完成予定模型」と札に書かれた長さ二メートルほどの大きな模型が置かれていました。私はたまに学校が早く終わる日には、この模型を見に駅の前まで来ることがありました。といってもそれほどそれが好きだったわけではありません。家へ帰ってもすることはないし、友達のいない私へ誰かから夏休みに遊ぶ約束を交わす電話がかかってくるわけもなく、私は時間を持て余していました。長すぎる午後には寄り道の目的地が必要で、それにこの模型がちょうどよかったというだけのことなのでした。

二十分に一本しかこない電車が発車したばかりで、駅前に人はいませんでした。私はガラスに手をつけ、その精密な模型を覗き込みました。

模型の真ん中には白い長方形の駅が宙に浮いています。それは今私が立っている駅とそっくりで、ずっと模型を見つめていると、どこからが模型でどこからが本物なのか、境界線がわからなくなってきます。この街そのものが巨大な模型に思えてくるのです。

そのとき、模型を覆《おお》う四角いガラスに、ピンク色の染《し》みがついているのが目に入りました。私は指でその淡い桃色をぬぐいましたが、指にあとはつかず、それなのに染みはどんどん広がっていくのです。それが背後から近づいてくるものを映していたのだと気がついたときには、もう手遅れでした。私は唐突に背中に衝撃を感じ、前につんのめりました。ガラスを爪《つめ》で引っかいてしまい、嫌な音がたちました。振り向くと、そこには不可解なものが立っていました。

一見して、それは巨大な花のつぼみに見えました。大きなピンク色の布地が、何かを包んでいます。よく見ると顔とおぼしき部分に穴が開いていて、その暗い窪《くぼ》みからこちらを見ているようです。私は恐怖で後ずさりました。つぼみの表面が急に波打って、中から何かのスイッチを入れる音がし、やがて雑音と共に音声が流れ出ました。レコードを逆まわしにしたような、表情のない甲高い裏声が、とてもゆっくりと聞こえてきました。

『イウコトヲキケ。イウコトヲキケ。イウコトヲキケ』

ノイズ混じりの音声はなかなか聞き取れず、私は戸惑いました。駅前を生ぬるい風が吹き抜けていき、苛立《いらだ》つように怪人の表面が波打ちました。ナイロンの光沢が表面を流れていきます。

『ススメ。ススメ。ススメ』

急に音声の内容が変わり、私は後ろに下がろうとしましたが、ランドセルがガラスにぶつかり、それ以上下がれません。

怪人の中央が急に突起し、私は布越しにワンピースの胸元を掴《つか》まれました。ナイロンの感触が膝のうえをすべります。怪人は私の身体《からだ》を引き寄せ、背後に廻ってこようとしました。抵抗しようとあがいていた私はしばらくもみ合っていましたが、よろめいた拍子についにそちらへ背を向けてしまい、次の瞬間、何か大きな力で背を押されました。怖くて振り向けませんでしたが、ひょっとしたら布の中に隠し持っていた何か大きなもので殴られていたのかもしれません。そのような強い力でした。

私は助けを求めるように駅のほうを見ましたが、電車が出たばかりなので駅員さんはどこかへ行ってしまっていて、改札口はからっぽでした。背中を押す力はさらに強まり、私は前に転びそうになりました。

『ススメ。ススメ。ススメ』

私はいわれるままに、おずおずと歩き出しました。違う方向へ進むとランドセルを引っ張って引き戻され、正しい方向へ押されます。怪人はそうして無言のまま道を示し続けました。私は振り向くこともできずにひたすら従い続けました。

連れてこられたのは見たことのある公園でした。まだ区切られた土地とモデルルームしかない七丁目の奥にある、最近できたばかりの児童公園です。まだ水が通っていない上に、学校のそばの公園のほうが遊具も多いので、子供達は誰もここまで遊びに来ません。車の音も人の声もせず、ただ、私たちの砂利を踏む足音と、蟬《せみ》の声だけが辺りに響いていました。まだ足跡もついていないなめらかな砂場の中から、染められたばかりの鮮やかなリスとペリカンとウサギが笑いながらこちらを見つめています。

怪人の目的地は、その公園の隅にある公衆トイレでした。私はランドセルを持ち上げられ、押し込まれた個室の中で転倒しました。膝を打ち血が滲《にじ》みましたがすぐに立ち上がり、逃げようと振り向くと、もう扉は閉じられています。私は両手でドアを揺すりました。鍵《かぎ》は開いているのに、ドアを押しても動きません。

「開けて。開けてください」

思わず擦《かす》れた声をだしましたが、ドアが少し振動しただけで、返答はありません。

ドアの中は薄暗く、洋式の便器の横には銀色の大きな手すりがついていました。外から何かを早送りにするような音がし、またあのテープが流れ始めます。

『イウコトヲキケ。イウコトヲキケ。イウコトヲキケ』

私は怯《おび》えてドアから離れ、しゃがみこみました。中は熱気の渦で、普段ほとんど汗

をかかない自分から、水滴がどんどん落ちていきます。汗で湿った髪の毛が、首のまわりに締め上げるようにまとわりついてきました。

『ピジイテチンノンヨチイクン』

急に、あまりにも不可解な言葉が聞こえてきて、私は思わず顔をあげてドアの隙間を凝視しました。

『ピジイテチンノンヨチイクン。ピジイテチンノンヨチイクン。ピジイテチンノンヨチイクン。ピジイテチンノンヨチイクン』

その奇妙な言葉はとめどなく繰り返されだしました。それにかぶさるように、笑い声がします。子供の声のようです。いつの間に来たのでしょう。子供たちは大勢いるようで、私を押しつぶすように上から幾重もの笑い声が振り落とされてきました。

「祈れ。これは呪文《じゅもん》なんだよ。繰り返せ。祈れ。祈れよ」

誰かが急にそう叫び、笑い声がはじけあってさらに膨れあがりました。

テープは「呪文」を狂ったように繰り返し続けます。

『ピジイテチンノンヨチイクン。ピジイテチンノンヨチイクン。ピジイテチンノンヨチイクン。ピジイテチンノンヨチイクン』

私はトイレの角にしゃがみこんだまままさらに身を縮め、耳をふさいで目を閉じました。手や脚にいくつも水滴が落ちましたが、それが自分の汗なのか、どこからか落ちてきた液体なのかさえ判別がつかず、ただ液体の感触に悲鳴をあげそうになりながら身をよじらせていました。

どれほどそうしていたのでしょうか。薄目を開けてドアが震えていないことに気がつき、きつく耳をふさいでいた手をやっと緩めると、外は静かになっていました。あれほど熱かった空気が、随分ぬるくなっています。私はよろけながら立ち上がり、ドアを開きました。

外はもう薄暗くなっていました。公園にはどこにも人影がなく、私は少しだけ安堵《あんど》して公衆トイレから出ました。誰もいない公園の砂利の上に、足跡が無数に散らばっています。

そのとき急に、どこか遠くから、子供の笑い声が聞こえたような気がして、私は反射的に耳をふさぎ、猛烈に走り出していました。

住宅地を走り抜けているあいだ、いくつものドアが目に入りましたが、試さなくてもどれも固く閉ざされているのがわかりました。私に向けて開かれている扉は一つしかなく、私はそれに向かって走るしかないのです。やっとの思いで家にたどりつき、チャイムを鳴らしても中から反応はありませんでした。

「ただいま。ただいま」

声をいくら震わせても、返事はありません。私は無我夢中でポストの中の合鍵を取り出すと、鍵穴に差し込んでドアを開きました。

家には誰もいないようです。私は靴を散らばらせて家の中に駆け込み、台所の隅に手をついてしゃがみこみました。見慣れた食器やお菓子のパッケージの並んだ暗がりに、いくら身体を沈めても恐ろしさは強まる一方で、私はどこにも連れて行かれないように、ひたすら床にしがみついていました。

不意に外から重なり合った笑い声と同時に足音が近づいてきて、両親が帰ってきたのだと分かりました。

「誉《ほまれ》、どうしたんだ？　電気もつけないで」

呑気《のんき》な父の声と共に、部屋の電気がつきました。灰色だった部屋が一瞬で色彩に染まります。

私はよろめきながら立ち上がり、父に歩み寄りました。外の空気がまだ父にまとわりついていて、その周りだけ、張り詰めた空気がぬるく溶けています。私はグレーのシャツ目がけて指を伸ばしました。が、そのとき、父のシャツが何かに引っ掛かっているのが目に入りました。視線をずらすと、千歳飴《ちとせあめ》みたいにのっぺりと白い人差し指と親指が、父のシャツの裾《すそ》をつまんで、引っ張っているのが見えます。私はすぐに手を下ろし、背中に隠しました。

「こんなに、遅くまで、どこへ、行って、いたの？」

上手《うま》く喋《しゃべ》れず、言葉が切れ切れになってしまいました。

「何を怒っているんだ？　お腹《なか》がすいたなら、冷蔵庫に何か入っていただろう」

父の口の中から舌を打つ音が聞こえます。

「おなか、減ってない、怒って、ない」

私の言葉はもっと切れ切れの破片になってしまいました。

「何だ、声が怒ってるじゃないか」

そのとき、父のシャツをつまんでいた指が宙に浮いて、父の腹部を押さえました。いつも言葉を止めて父が背中を振り返ります。父の後ろに、母の頭部が見えました。いつもの、二つに結わえた黒い髪です。少しずつそれが横にずれて、首をかしげて斜めになった母の左目が現れ、私の顔を見下ろしました。

「ごめんなさい、誉ちゃん」

父の背の後ろで、目玉を取り出して唾液《だえき》でぬらしてからまたはめ込んだのではないかと私は思いました。目の周りが乾いているのに、目玉だけが水まみれになっていたからです。

「私って、方向音痴でしょう。またやってしまったの。ごめんなさい。怒らないで、おねがい」

私のそばに歩み寄り、懇願するように顔の前で手と手を組み合わせると、母は続けました。

「いつもと違う道をお散歩してたら、道に迷ってしまったの。とてもきれいな向日葵《ひまわり》が咲いていたから、つい、そちらのほうへいっちゃったの、それでいつの間にか知らない道にいたのよ。ああ、怖かった。もう、帰って来れないかと思ったわ。パパが出張明けのお休みの日で本当によかった。一人じゃ、絶対、帰れなかったもの」

「おまえのお母さんは、すごく大変な目にあったんだぞ。なのになんだ、その態度は？　謝りなさい」

「……ごめんなさい」

私が頭を下げると、母の目から透明な水の塊が降りてきてしまいました。

「ひどいわ、パパ。誉ちゃんが悪いんじゃないわ。悪いのは、私なのに」

「ごめんごめん、疲れただろう？　少し休んだらどうだい」

私は黙って台所に行くと、冷蔵庫の牛乳をマグカップに注いで、電子レンジで温めました。

息を吸い、ゆっくりと吐き、音をたてないように呼吸を整えながら、母のそばまで歩み寄ります。

「……はい、愛菜ちゃん」

愛菜というのは母の名前です。私も父も、母をこう呼びます。母には愛菜という名前があまりに似合っていて、私にも父にもそれ以外の呼び名が思いつかなかったのです。そして、その呼び名のせいなのか、彼女にはどこか老いから解放されているようなところがありました。彼女は私をつれて歩いているときに、誰かから「姉妹みたいね」と言われたときなどは耳まで赤くなって否定しますが、とてもうれしがっているのがよくわかりました。そういううれしさを、私と父は母の周りにいっぱいちりばめて生活していました。

母は私の言葉に小さく頷《うなず》くと、囁《ささや》くように、

「ありがとう、誉ちゃん」

と言ってカップを受け取りました。

「本当にね、すごく怖かったのよ」

そう言いながら母は、ほてった首筋に手の甲を当てて、溜息《ためいき》をつきます。

「また工事があって、新しい道が何本もできていたでしょう。行っても行っても、知らない道なの。誰もいないし、工事の人すらいなくて、トラクターが遠くでじっとしてて」

母は抱きしめるような持ち方でカップの中の温かい牛乳をすすり、空になったカップをテーブルに置くと、ソファに身を預けます。

私は母の側《そば》に寄り、彼女の膝《ひざ》に置かれていた小さな手のひらを拾い上げました。母は目を閉じて深呼吸を繰り返しています。私は母の薄い手の甲を、彼女の深呼吸に合わせてずっと撫《な》ぜていました。

「ああ、恐ろしい。誉ちゃんの顔を見たら安心したわ……誉ちゃんはいいわね。すごく方向感覚が良くって、どこまでいっても、ちゃんと一人で帰ってこれるんだもの」

(ピジイテチンノンヨチイクン)

そのとき、急に頭の中にあの呪文が浮かびあがりました。私は母の手を離して口を押さえました。私の手からこぼれおちた母の白い手のひらが落下していきます。

「どうしたの、誉ちゃん？」

私は両手で口を塞《ふさ》いだまま首を横に振ると、二階に駆け上がりました。

私は自分の部屋に駆け込むとドアを閉め、窓の鍵をきつくかけ、カーテンを引き、それでも隙間《すきま》からなにかが私を追いかけてきている気がして、頭から布団《ふとん》にもぐりこみました。

恐ろしいことに、あんなに奇妙な文句であるのに、その呪文は一字一句違えず頭蓋《ずがい》骨《こつ》にしがみついてはがれないのです。私は違うことを考えて、その言葉が消えていくよう努めました。しかしそうすればするほど、呪文は私に焼き付けられていくのです。私は身を縮めて瞳《ひとみ》を強く閉じました。瞼《まぶた》の中は不自然な暗闇《くらやみ》で、漆黒の中に灰色の雑音が混じっています。やがて目が慣れてきたのか、瞼の中のノイズが消えて完全な暗闇が訪れました。

「ピジイテチンノンヨチイクン。ピジイテチンノンヨチイクン」

いつのまにか私はその呪文を唱え始めていました。私は右手を握って縮こめ、その手をかばうように上から左手をかぶせて締め付け、力を入れすぎて右手の皮を左手の爪《つめ》がたびたび引っかき、そのまま皮を剝《は》いでしまいそうでした。私は目の中の暗闇を見つめ続けました。

「ピジイテチンノンヨチイクン。ピジイテチンノンヨチイクン。ピジイテチンノンヨチイクン」

そのときでした。急に、その暗闇が、裂けはじめたのです。私は必死に両手で瞼を押さえ、完全な暗闇をつくろうとしました。ところが、裂け目はどんどん広がっていきます。眼球が瞼とこすれる、ごりごりとした感触だけが生々しく伝わってきました。切れ目からは光が差し込んでいるようです。私は目をこらしました。よく見ると、それは人の形をしていました。しかも、少しずつ近づいてくるのです。私は必死に瞼をまさぐり、そこに本当に切れ目ができてしまっていないか確認しました。睫《まつげ》毛が指先を刺すたびそれが傷口かと思って息がとまります。そうしている間にも、どんどん光の人型は近づいてきます。

(来ないで。来ないで。来ないで)

叫びたかったのですが、果たして自分の瞼の中の人物へ向かって叫ぶことに意味があるのか、私にはわかりませんでした。やがて瞼の中は光に包まれました。もうだめだ、と私は思いました。

階下から、母と父の笑い合う声が、こすれあい、甘く匂《にお》ってたちのぼってきました。

大学の敷地は狭く、薄汚れたクリーム色の旧校舎と、奇妙に鮮やかな黄緑色の新校舎が、連絡通路と階段を複雑に絡《から》ませあいながら組み合わさっていて、私はいつも迷ってしまいます。もう、前期も終わりに差し掛かっているというのに、今日も私はぎりぎりになってやっと目的の旧校舎の402号室へたどり着いたところでした。教室にはいると、まだ席はいくつか空いています。私は息をついて、自分が座れる席を探し始めました。

重要なのは蛍光灯の場所です。この教室の天井には五十四本の蛍光灯が細長く延びて天井に張り付き、周りを白く濁らせています。私はその濁りからなるたけ遠く離れた場所を探さなければなりません。ここだと思って座っても、頭上から光が迫ってくる気がしてすぐに立ち上がって次の席を探します。前から四番目の通路側の席に腰掛けたとき、側に座っていた女の子が声をかけてきました。

「ねえ、先週、この講義出てた？　課題って出たか教えてくれる？」

私は目もあわせずに鞄《かばん》から筆箱とノートを取り出しました。遠いと思った蛍光灯が着席してみるとやっぱり近い気がして、何度も後ろを振り返ってしまいます。天井を虫のように這《は》って、どんどん光がそばによってきているように思えます。

女の子はさらに何かを言おうとしましたが、連れらしい髪の長い女の子が首を横に振りながら彼女の肩をたたき、それを止めました。私は荷物をまた鞄の中に戻し、立ち上がりました。この席も駄目です。

ざわめきにまぎれて何度か同じ行為を繰り返したあと、私はやっと後ろから二番目の窓際《まどぎわ》の、蛍光灯が点灯していない列に腰掛けました。それでも、背中がじっとりと痛みました。

「あの人、なんか、気持ち悪くない?」

私はふいと顔をそちらへ向けました。小学校のころから、よく揺れるバスか船の中でなければ気持ちが悪いというのはたいてい私のことです。今日もその認識は間違っていなかったらしく、水色のカットソーを着た女の子が目をそらし、隣の子と気まずそうに笑いあいました。

私は前に向き直り、ノートと筆箱をじっと見つめました。私はいつもこうして押し黙ります。小さいころは、「岩」というのが私の渾名《あだな》でした。名字の「古島《こしま》」の古の字が書き足されていびつな「岩」の字になっていることもしばしばでした。どうせなら最初から岩島だったらよかったのにと、よく思ったものです。当たり前ですが小学生だった私の同級生より、大学生になった私のそばに居る大学生の人たちはずっと大人で分別もあり、このような態度をとっていてもそれほど騒ぎ立てません。

大学とは不思議なところです。先ほどのように少し不気味がられても、それはこの騒がしい空間にすぐに溶けてなくなってしまいます。タンクトップにビーチサンダルというすぐに海辺へ走っていけそうないでたちの人もいれば、きちんとしたワンピースにストールを羽織って、香水を匂わせている女性の集団もおり、それらは当たり前に共存しています。ここでは多少の異質さは簡単に許されてしまうのでした。自分自身は変わらずずっと「岩」であるのに、不思議な気持ちです。私ははじかれていない自分というものに未《いま》だになじめずにいました。

筆箱からシャープペンシルを取り出して親指でそれを触っていると、ほどなく教授が入ってきて、独り言のような授業が始まりました。大学の先生は皆自分の世界を大切に守っていて、踏み込まれるのを拒否しているように見えます。彼の白い頭が人魂みたいに黒板の前を彷徨《さまよ》うのをぼんやり眺めていた私は、ふと、横の席に目をやりました。

そこが陽だまりかと錯覚する様な、机の上に平たく広がっているオレンジ色が、人の背中だと気づいて、私は少し驚きました。よく見るとその先に顔がついていて、腕に顔を半分埋《うず》めて、目を閉じて眠っています。講義中に眠っている人はよくいますが、こんなに安心しきって眠りの中に溶け込んでしまっている人は初めてです。

その無防備さに目を奪われていると、急に男の子の瞼が動きました。私はそれが開く前に急いで顔をそらし、ノートに視線を落としました。ですが私は目の端で彼の行動を観察し続けていました。

男の子は瞼を手の甲で強くこすりながら身体《からだ》を起こしました。すこし伸びをしたあと、身体をかがめて足元のビニール袋から紙袋を取り出します。肉汁とフライドポテトの強い香りがこちらまで漂ってきました。紙袋から取り出したハンバーガーに、身を乗り出して大きくかぶりつくと、すぐに背もたれによりかかり、天井を見上げました。私にはよくわかりませんが、講義中とはこっそり眠ったり食べたりするものなのではないのでしょうか。彼はここがファストフード店の店内であるかと錯覚するほど、大きな音を立てて食事をしています。ハンバーガーの包み紙が強く握られ、彼の手の中で縮んでいきます。Tシャツの色が反射して、手まで薄くオレンジに染まって見えました。指先は空気を弾くように強く動き、関節には手の内部の朱色が透けており、甲はなめらかで、手のひらが動くたびに三本のまっすぐな筋が浮かんでは消えました。

気がつくと、私はしっかりと顔を向けて、彼の手を物欲しそうに凝視していました。

また、悪い癖が胸の中を這い上がってきました。奇妙に胸が高鳴り、軽い眩暈《めまい》がしました。私は膝下に視線を落としました。不意に、とてもきれいな発音の日本語が私に放られました。日本人同士で発音が綺麗《きれい》だなどと思うことがあるとは、私はこのときまで知りませんでした。

「ねえ、一年生？　次、後期の説明会あるよね」

私は、視線を下げたまま頷きました。声がオレンジの手をした男の子のものだとすぐにわかりましたが、目を見ることは出来ませんでした。それにしても、お手本みたいな誠実な発音です。あの薄い唇の中でさぞかし舌が器用に動いているのだろうと、想像させられます。その舌が彼の透明な唾液で覆《おお》われていることまで考えてしまうと、私はますます視線を足元へ落としました。

「おれ、場所がわかんないんだ。講堂ってどこにあるかわかる？」

私は「岩」らしくしばらく押し黙っていましたが、やがてかすれた声で、

「……春に入学式をやったところです」

と答えました。

「ああ、そっか、あれが講堂かあ。ずっと通ってたのに、ぜんぜんわかんなかった。どうもありがとう」

私は顔を反対側に背けていましたが、思わず黒目をそちらへ動かしてしまいました。不気味なはずのその動きにひるむことなく、

「どうしたの？　あ、食べる？」

と男の子がフライドポテトを差し出してきます。

前の席の男性が、こらえ切れないという様子で噴き出して、こちらを振り向きました。

「お前さあ、声でかいよ。今、授業中だぞ。その人困ってるじゃんか」

「えっ、困ってる？」

驚いた顔で私を覗《のぞ》き込みます。初めて目と目が合いました。皮膚の裂け目に絵の具のホワイトをねじ込んだのかと思うほどあけすけな白さの中を、緻密《ちみつ》な黒い眼球が転がっています。私はいそいで首を横に振りました。

「困ってないって言ってるよ」

そういって前の席の男性に顔を近づけた拍子に、大きく開いた彼の右足の膝が、私の腿《もも》にかすかに触れました。

「お前って、本当、変なやつ」

前の席の男性が笑いながら、いつのまにか前から廻ってきたらしいプリントを男の子に手渡しています。私も前の女性から紙をうけとると、お尻《しり》を動かしてなるべく窓際のほうへ体を移動させて、身体を縮めながらシャープペンシルでプリントの上部に名前を記入しました。

「あれ？　それ、おれの名前と似てる」

といって、隣の男の子が笑いました。

「なんて読むの？」

私は男の子の親しげな様子に戸惑いながら、低い声で答えました。

「……ほまれです。古島誉」

「読み方も似てる。ほらね」

男の子がこちらに見せたプリントには、太い字で『芹沢《せりざわ》蛍』とありました。誉と蛍という名がそれほど似ている気もしませんでしたが、男の子は満足そうに、「うん、似てる似てる」といって頷いているので、あえて否定はしませんでした。

私は、いつのまにか足を伸ばして、つま先を男の子の汚れた靴の横に静かに添えていました。また無意識に始めそうになっていたのです。私は慌《あわ》てて膝を閉じ、足先を隠すように反対側にそろえました。芹沢蛍は不思議そうにこちらを見ています。もう少しで、指を伸ばして膝に触れてしまうところでした。厚みのあるジーンズのところどころに皺《しわ》ができ、まっすぐな溝が交差しており、膝のところだけが丸くきれいに膨らんでいるのです。あんまり上手に膨らんでいるから、つい触れたくなっただけなのです。

「あ、俺のこと蛍でいいよ。小学校のときから、みんなそう呼ぶから」

「……かわった名前ですね」

上手な返答が思いつかず、そう言いました。

「そう？　女の子みたいで、少しやだけどなあ。誉って方が珍しいよ」

芹沢蛍はそう言って、「講堂まで一緒にいく？」と、前から友達だったみたいに気軽に尋ねてきました。私は急いで首を横に振りました。

「……私、行かないですから」

「え、説明会、さぼるの？」

「そうです」

私はいそいで携帯を開き、親指をわざと乱暴に動かしてメールを打ち始めました。

『今日、説明会さぼります。二時には行けそうです』

すぐに『校門の前で待ちなさい。迎えにいく』と返信がありました。講義はいつのまにか終わり、学生達が移動を始めています。胸元に携帯電話を抱き寄せると、私も立ち上がりました。

「真面目《まじめ》そうなのに、度胸いいんだなあ。面白いね。ばいばい」

可笑《おか》しそうに軽く手を振る芹沢蛍に頭を下げると、私は荷物をまとめてすぐに教室を飛び出しました。

隆志《たかし》さんの車は、小さいころPTAから配られたプリントに載っていた、誘拐犯の車の絵とどこか似ています。白い四人乗りの普通車で、後ろの窓にスモークが張ってあり、銀色のラインが周りを囲っています。そのせいでしょうか、私は彼の車に乗り込むとき、誘拐されかけているような気持ちになることがあります。

「待った？」

「いえ。少しも」

それどころか、待ち伏せされていたのかと思うくらい、隆志さんはすぐに現れました。私は助手席のドアをしめ、シートベルトをきつく締めました。白い車は急発進し、大学の門は風と一緒に後ろへ滑って見えなくなりました。

友達を作るのはあれほど下手なくせに、私は恋人を作るのがとても上手でした。わけがわからないまま、すぐに胸が高鳴ってしまうのです。中学校二年生のとき、塾の講師と初めてレンアイの関係になったときは、うれしさでいっぱいでした。誰にも感情を表現したことがない私の、初めての排水溝だったのです。初めて「岩」でない自分を見つけた私は夢中になってそこにひたすら注ぎ続けました。そして、すぐに終わりました。委員会で知り合った先輩と次のレンアイが始まったからです。そうしていつからか、ずっと連続してレンアイを繰り返すようになっていました。なぜかはわかりません。我慢ができないのです。ことに、自分の知らない世界を持っているような人には、私はことさら素早く手をのばしてしまうのでした。レンアイをしている初期段階では、いつも光への恐怖が薄れます。だから私は思い込んでしまうのです。この人こそ私の救世主だ、というふうに。

隆志さんは、大学に入ってすぐに一回だけしたアルバイト先の店長でした。小さな百円ショップのアルバイト自体は私にはまるで向いていなくて、レジもろくに打てないまま二週間足らずで辞めてしまいましたが、その間に、私は隆志さんのアパートの合鍵《あいかぎ》を作ってもらっていました。私はアルバイト先でもむっつりと押し黙ってほとんど喋《しゃべ》りませんでしたが、仕事中によく目が合うようになり、それから頻繁に肩と肩が触れ合うようになり、それが指先と指先になって舌と舌になるのは、ほんとうにあっという間の自然な出来事でした。バックルームで段ボールに囲まれながら、最初に隆志さんの指先が私の黒髪を持ち上げて首筋に触れてきたとき、そこに何かのスイッチがあったかのように、すぐさま熱をもって私の血液が激しく循環したことは忘れることができません。

このように当たり前に誘われるのは、私が誘っているせいに他なりません。私のような、いつも閉じて押し黙っている人間が少しでも気を許すということは、それだけでほとんどボタンを外してしまっているのと同じ意味を持つのです。

隆志さんの車は少しずつ暗いところに入っていきました。ああ、またか、と私はぼんやり考えていました。どこへ行くの、と聞くのも面倒くさいことです。どこへ行くわけでもないのです。暗いところならどこでもよいのです。なぜか息苦しくなり、

「窓をあけていいですか？」とたずねて外の空気を流し込みましたが、生ぬるくて、かえって酸素が薄くなったようです。大きな暗い公園の脇《わき》や、もう少し離れたところにある小さな沼のほとり、誰も来ないような土の道路を越えて木々が生い茂った行き止まりの道の奥、それらが隆志さんの車の目的地です。今日も、先には神社があるだけの街灯のない道をすこし入って、車は静止しました。

「君が今日大学をさぼったのには、おそらく理由が三つあると思うんだ。一つにはね、学校っていうのは、まあ、群集のものだよね。けれど君はその群集の一部になることを心のどこかで嫌がっているわけ。それで僕の側《そば》に来たくなったんだと、僕は思うな。違う？　違っていたら、指摘してくれていいよ。でも、当たってると思うけどね。二つ目にはね……」

私は深呼吸を繰り返していました。どうしてだか、酸素が薄くてしょうがないので

す。木々はこんなに生い茂っているのに役立たずです。

「それじゃあ、シートを倒すよ」

前触れもなく隆志さんが言いました。いつも、それは唐突に始まるように思えます。どこまでが彼の理論の演説でどこからが性交の前触れであったのか、私にはいつも区別がつきません。スラックスごしに、固まった粘膜が押し付けられました。楽しい摩擦は彼の中でもう開始しているようです。しばらく一人でそのように陰茎の準備をしていてくれるととても助かります。私は下唇に親指の爪《つめ》を食い込ませながら、いろいろと考えをめぐらせていました。このまましばらく一人で興奮してもらい、できればこちらからは視覚的な刺激のみを長期与え、手を伸ばすのをなるべく直前にすれば労力は最小限で済みます。隆志さんは車を汚すのが嫌いなのでもちろん最終的には飲み込まねばならないのでしょうが、生卵だと思って勢いよく、うまく喉《のど》に直接流し込めば、味は知覚しないままで済みます。五日前のように身体にかけられて、それを舐《な》めさせられるという最悪の事態を避けるために、「どうしても飲み込みたいのです」と真剣に、とにかく愛しているからそうしたいのですという調子で彼に告げる必要がありますが、タイミングがとても難しく、早すぎても少しずつ体勢は変えられていって何が起こるかわかりませんし、かといってもちろん遅すぎては手遅れになります。

顔を上気させて一途《いちず》な摩擦を繰り返す隆志さんを見ていると、このようなことを考えている自分が冷たい人間に思えてきます。ですが、これは私たちが仲良くやっていくための必要事項なのです。だって、私のレンアイに対する願望と拒否反応は常にせめぎあっていて、後者が勝てばレンアイは終了するしかないのですから。

隆志さんの洋服越しの摩擦は、太腿の上でずっと続いています。私は心臓の鼓動みたいに、それがいつも同じリズムであるのが不思議に思えます。

「足を舐めてくれないかな」

「はい。わかりました」

私は彼が陰茎を押し付けている太腿の位置を変えないように細心の注意を払いながら、上半身を伸ばして彼の靴下を脱がせ、指先を舐めました。足の指紋は指先のものとちがって乱雑なつくりをしていて、なぞると舌先が痒《かゆ》いですが、こうすると隆志さんの性的興奮は早回しになり、時間の短縮につながります。

「うん、いいね、髪をあげて、首筋を見せて欲しい。そう。膝《ひざ》の裏を舐めてくれないかな。乳房があたるようにしながら」

「はい。わかりました」

「うん、うん、そのまま、……もっとよく、君の姿が見たいな。いつものように、一人でしてみせてくれるかな？」

「はい。わかりました」

見せるためにする行為を「一人で」とは解《げ》せませんが、こういった視覚的刺激も、私たちの時間の短縮には欠かせない要素です。隆志さんもこの行為を義務的に感じているのだと思います。いつも同じ手順だからです。本当に楽しいならば、もっと強く好奇心を出すと思うのです。それにしては私たちの行為はパターン化されすぎています。私はそれを嬉《うれ》しく思っていました。

二人力をあわせて白濁液を出すのが私達に課せられている義務であり、いかに最小限の労力でそれを成すか、という一致した目的のもと、私達はお互いにベストを尽くしているのでした。変な好奇心を出さずにきちんとその任務にのみ徹してくれる隆志さんは、私にとって今までに出会った中で最高のパートナーでした。

けれどその日、私のパートナーはささやかな反乱を起こしたのです。私が彼に視覚的刺激を与えるために下着を下ろそうとしているときに、彼は突然こう言ったのでした。

「うん、ちょっと待って。まだ、いいんだ。今日は、車の外に行かないか」

彼の操作で車のドアの鍵が、四ヶ所とも音を立てて同時に開きました。

「……どうしてですか？」

いつもなら、私のショーが終わったころ彼もズボンを脱ぎ始め、そして排出へ向かって一直線に昇りつめていく筈《はず》です。それがいつもの私達のルートであるのに。

「今はまだ明るいですよ。人に見られてしまいます」

「大丈夫。こんなところに誰も来ないよ。それに、見られたっていいじゃないか？僕たちは本当に愛し合っているんだから。堂々としていていいんだ。人に見られることを恥ずかしがるなんて、君は少しおかしいんじゃないかな」

「……ごめんなさい。息がくるしいみたい。後ろの窓も開けてもいいですか」

さっきから、いくら空気を飲み込んでも、口をふさがれているように息苦しさが止まりません。私は腕を伸ばして後ろの窓を両方とも開きました。

「車の中だと、出来ることに限界があるからね」

「外の空気が、ちっとも入ってこないんです」

「もっと君が喜ぶように、いろいろな方法で愛してあげたいんだ。君は嬉しくないの？」

「外に、風が吹いていないみたい」

「わかった、怖がっているのだろう。それがいけないんだ。君は神経質すぎるね。僕はそういうところを、治してやろうと思っているんだ、もっと感謝されてもいいと思うけどね。君が協力してくれなきゃ、僕だってどうしていいかわからないんだよ」

「……だって、服が、汚れてしまいます」

隆志さんは、その言葉を待っていたかのように、嬉しそうに笑って私の肩を抱きました。

「大丈夫、ちゃんと毛布を用意してあるよ。それに、服が汚れない方法だってあるんだ。僕が教えてあげるよ。嬉しいかい？」

隆志さんは私の頭を撫《な》でながら言いました。

「いい子だね、誉は」

私は口を閉ざしました。もうあきらめました。隆志さんをです。それに、どのみち、光への恐怖が増してくると同時にいつもレンアイは終わるのです。少し早まったところで、レンアイが使い捨ての救命道具であることに変わりはありません。最近は、最初のころのように、舌をからめながら光が遠ざかっていく感覚もなくなっていました。そろそろ潮時だということなのでしょう。

「……はい、わかりました」

そう答えると彼は身体《からだ》を起こし、ドアに手をかけました。私はスカートの裾《すそ》をゆっくりと直しながら、その背中を見ていました。隆志さんは黒い毛布を脇に抱えると、外へ出て行きました。ドアが閉じられたのを見届けると、私はすぐに足元の鞄《かばん》を開けて携帯電話を探し当て、隆志さんがこちらを向かないように祈りながら、外から見えないよう体をかがめて携帯を手早く操作し、アラームを鳴らしました。

電子音に驚いたように隆志さんがこちらを振り向きます。

「父からです。ちょっと、出てきます」

窓の向こうで隆志さんが頷《うなず》きながら煙草《たばこ》をくわえます。私は無音の携帯電話を耳に当て、隆志さんが降りたのと反対側のドアを開けながら、

「はい、もしもし、もしもし」

と繰り返しました。足元に手繰り寄せた鞄を胸に抱きかかえると、ドアを閉めます。

「はい。はい。わかりました」

私は無音の受話器を耳に当てながら、少しずつ神社の鳥居に近づきました。血管で作られたみたいな赤黒い鳥居です。

私はそれをくぐった瞬間に、そこが何かのスタートラインであったかのように、全力で走り始めました。後ろは振り向きません。振り向いてもろくなことがないからです。

幸いなことに、神社をぬけるとそこはもう大きな通りで、タクシーはすぐにつかまりました。タクシーの座席に座ると、素早くアラームを鳴らすことにこのように手馴《てな》れてしまっていることが、とてもいけないことにも思えてきます。

自分の部屋にたどりつき、ドアを閉めると自己嫌悪《けんお》に顔を歪《ゆが》めて、その場にしゃがみました。私を責めるように、遠くから呪文《じゅもん》が聞こえてきます。

（ピジイテチンノンヨチイクン。ピジイテチンノンヨチイクン。ピジイテチンノンヨチイクン。ピジイテチンノンヨチイクン）

あの夏の日、私の瞳《ひとみ》の中は近づいてくる光の人影に支配され、私は飲み込まれて意識を失いました。気がついたときには朝になっていました。自分が気絶したことに驚いて、急いで起き上がり周りを見回しましたが、シーツを握り締めて苦しんだあともどこかに嘔吐《おうと》した様子もなく、いつもの朝と同様に横たわって眠っていただけのようでした。私は安堵《あんど》しましたが、それで終わりではありませんでした。それから、ことあるごとに、呪文は私の頭の中をはいずりまわるようになりました。

あの公衆トイレの中で、私は何かにとり憑《つ》かれたのだと思います。そうでなければ、恐怖のあまり、少し頭がおかしくなったのでしょう。私はその呪文を口に出してしまわないように、しゃがみこんだままたくし上げたスカートの裾を口の中につめるのが精一杯です。脳内をうごめく呪文そのものよりも、それを唱えて、またあの光の人型が現れることが、私の何よりもの恐怖なのです。

私は呪文から自分を助け出してくれる人を探してしまいます。隆志さんの理路整然としたところは、私をこういうくだらない呪縛から解き放ってくれるように思えました。なのにまた失敗してしまったのです。

私の頭の中で、呪文の速度はどんどん増していきました。

「愛菜ちゃん。アイスクリーム食べるけれど、持ってくる?」

そう問いかけると、母は読んでいた雑誌から顔をあげて、うれしそうに何度も頷きました。

「本当? ありがとう」

「時間かかるけれど、少し待っていて」

私は冷凍庫を開けました。そこにはカップのバニラアイスクリームがぎっしり並んでいます。私はそこからバニラを一つと、その陰に置いてあった、棒状のブルーベリーのアイスクリームを取りだし、リビングの大きなガラス戸に近づき鍵を開けました。

庭に向かって足を下ろすと横にバニラを置き、私はブルーベリーのアイスクリームを食べながらバニラが溶けるのを待ちました。母は冷たすぎるアイスクリームを食べることができません。口の中が痺《しび》れるといって怖がるのです。けれどバニラの味は好きだというので、こうして時折母のためにアイスを液体にしてあげるのが、毎年の夏の習慣になっていました。

本当は太陽の光も少し怖いのですが、蛍光灯ほどではないのは距離が遠いからでしょうか。あの光の人影が近づいてきたときにこそ、正常な世界が強制終了するのだという認識でいるので、一億キロメートル以上も離れている光に対してはまだ大丈夫だという気がするのかもしれません。反対に、手元のライトスタンドなどはどうしても消してしまうので視力が大分悪くなってしまいました。私は銀色の眼鏡をかけると、アイスクリームを食べながら、庭越しに街を眺めました。

街ができてからもう十年ほどたっていましたが、住んでいる人々の気配は、なかなか街に染《し》み込んでいきませんでした。どこか、街の設計図の上をそのまま歩いていると思わせる、人の匂いが欠けた街です。歩道の脇《わき》の街路樹は草のように細く、まだ添え木に寄りかかっていて、定期的に栄養を点滴されながらかろうじて生かされています。花壇の半分以上はまだ土が入っておらず、覗《のぞ》き込むと空洞しかありません。新しいものはどれも、作りたての建築物特有の白い粉をふいていて、遊歩道も、マンションも、ところどころビニールに覆《おお》われながら鮮度を保っていました。生まれたての清潔な廃墟《はいきょ》というのが、この街にふさわしいあだ名かもしれません。白、水色、淡い灰色がこの街を形成する主な色彩で、そのせいか、夏だというのに街は凍って見えます。

見慣れた光景を眺めるのにも飽きてリビングに目をやると、留守電が点滅しているのに気がつきました。私はアイスクリームを持ったまま電話機に近づき、再生ボタンを押しました。

『今から新幹線に乗ります。愛菜ちゃんの好きそうなお土産を買ったので楽しみにしていてください。また、駅についたら電話します』

父は出張の度に、母にお土産を買って帰ります。小さいころは私と母、両方に買ってきていたのですが、いつからか、母あてだけになりました。私が、喜ぶのがあまり上手ではない子供だったからかもしれません。それは、喜ぶのがうますぎる母のせいでもあります。無邪気にはしゃぐ母の横で、私はいつも包みも開けずにむっつりと押し黙っていました。母はそんな私を見て、

「誉ちゃんは私とちがって大人っぽいから、こんなふうに、馬鹿《ばか》みたいにはしゃいだりしないのよね」

と恥ずかしそうにしていました。そうしたことが何度か繰り返され、父は私になぜか出張に行く前に現金を渡し、母にだけお土産を買うようになっていました。母と並べられて反応を比べられているような状況は拷問《ごうもん》でしたので、私もその方がずっと気楽で有り難いのでした。

留守番電話には他にも、母の高校時代の友人から「愛菜ちゃん」をお茶に誘うメッセージが一件と、隣に住む老女から「愛菜ちゃん」の好きな花が咲いたから切り花にして持っていくというメッセージが吹き込まれていました。携帯電話を持っていない母に対するメッセージは、いつも家の留守電に流れ込み、この電話機は、家の電話というより母の電話になってしまっていました。それを象徴するように、ボタンの横にハートの形をしたラインストーンのシールがいくつも連なっています。可愛《かわい》いからといって母が貼《は》ってしまったのです。受話器を握るたび、尖《とが》ったラインストーンが私の指に食い込みます。

いろいろな人が母にかまい、物を与えるのは、母の愛くるしい外見のせいでしょうか。それとも彼女の心から嬉しそうな振る舞いが彼らの心をそそるのでしょうか。おそらく両方でしょう。

母の一度も染めたことのないセミロングの黒髪は、いつも二つに結わえられています。スポイトで水彩画を滲《にじ》ませたみたいな水分の多い目は大きくはありませんが印象的で、笑うと目の中は真っ黒になり眉毛《まゆげ》が大きく下がります。背が低く、身体はそんなに細くはないですが手首、足首など「首」とつくところが削ったように異様に細く、不用意に触れることは禁忌だと感じさせます。私も痩《や》せぎすですが骨格が父に似て、丈夫な骨の形が皮膚をひきのばしてくっきり浮かび上がってしまいます。母が草なら、私は枝です。たおやかさの微塵《みじん》もない骨ばった身体は柔らかなふくらみに満ちた母の横だと貧相に見え、また一方ではごつくも思えました。

母は料理が苦手で、食卓にコンビニエンスストアのお弁当が冷えたまま三つ並んでいることもしばしばでしたが、私と父は気にしなかったし、母が何かミスをしても必ず許しました。母はそういう人なのです。強制的に周りを『見守る者』に仕立て上げてしまう才能をもっているのです。

授業参観のときのことを、よく覚えています。中学一年生のときでした。私は母が道に疎《うと》いのを知っているので、ちゃんと一人で学校まで来れるか心配でした。授業が始まり、振り返ると、案の定母はまだ来ていませんでした。私は、また母が道に迷ってしまったのか、それとも可愛らしい洋服でも見つけて寄り道してしまっているのか、とにかく母は母である以前に一人の少女であるので、ひょっとしたらこのまま来ないかもしれない、などと思い始めたときのことです。突如、授業をしている教師の横の引き戸が、音を立てて開きました。ドアの隙間《すきま》から、小さな白い手のひらがのぞきました。それはすぐに翻《ひるがえ》り、風に舞ったハンカチのように、廊下の方へと舞い戻っていってしまいました。その様子に、いつも生徒には厳しい年配の女教師がすこし笑って、扉に近づき声をかけました。

「保護者の方ですか？　後ろの扉からどうぞ、お入りください」

「は、はい。ごめんなさい」

かぼそい声で返事がし、手をみたときからわかってはいましたが、やはりそれは母の声でした。やがて少しもつれたような靴音が響いたあと、後ろのドアが開き、母が顔をのぞかせては引っ込めました。

「愛菜ちゃん、何やってるの。こっちこっち」

笑いをこらえながら、母と親しいらしい母親たちの一人が手招きしました。上気した頬を手の甲で押さえながら、母がおろおろとそちらへ近づいています。その様子はいかにも危なっかしく、気がつくと生徒も保護者もみんな、微笑《ほほえ》んで母を見つめていました。

「真っ赤になっちゃってる」

「なんか、可愛いね。誰のお母さんだろ」

あの女性が、「岩」の母だと知ったら、皆はますます笑うでしょう。私ではなく、母をです。しかも、好意をもって。子供の育て方までおっちょこちょいなんだなあ、などと言いながらです。

母は白いシャツに白いスカートという色彩のない服装で、アクセサリーもしていないので他の保護者達にくらべるとずいぶん質素に見えました。化粧もほとんどしていないようです。懸命に髪を触ったり、スカートの裾《すそ》を整えたりしています。私は母から視線を外して、前に向き直りました。もう、これ以上見ていないでもわかります。あの、特有の顔が母を取り囲んでいるのです。自分より小さく弱いものに向けられる、前もって全《すべ》てを許容すると決め込んで待ち構えた、あの押し付けがましい微笑みたち。どこにいても、そこは母を囲む空間になってしまいます。母にそうした愛らしさで勝てるのは、柔らかい毛で覆われた小動物か、生まれたての赤ん坊くらいでしょうが、それですら、母はたどたどしい手で抱き寄せたり、可笑《おか》しな発言で皆を笑わせたりして、輪の中心を自分にしてしまうでしょう。

そんなことを考えているうちに、バニラのアイスクリームはすっかり溶けていました。私はそれをお盆にのせ、母の好きな兎《うさぎ》のついたスプーンと共に、母の部屋へと運びました。

「うわあ、ふわふわに溶けてる。うれしいな。ありがとう」

母はスプーンの持ち方がおかしくて、花壇でスコップを持つ子供のように、拳《こぶし》をつくって強く握り締めてしまいます。父はそれを笑ってよくからかいますが、直させようとしたことはありませんでした。

「愛菜ちゃん。変だよ、その持ち方」

私もいつもは指摘しないのに、今日はなぜか、冷たくそう言い放っていました。母は瞬《まばた》きし、慌《あわ》てて、

「そうね、だめよね。直さないとね。ええっと」

小首をかしげながら、何度もスプーンを持ち直します。それは硬い胡桃《くるみ》を抱えたリスのような小動物じみた仕草で、思わず、もういいよ愛菜ちゃん、と言いたくなります。

「あっ」

なれない持ち方で食べたせいで、母は胸元にアイスクリームをこぼしてしまいました。私はすぐさまティッシュペーパーを抜き取り、水に濡《ぬ》らして母のそばにかがみました。柔らかな胸元のアイスクリームをふき取ると、すまなそうに母がいいます。

「ごめんねえ。ありがとう、誉ちゃん」

母の右胸から、バニラの甘い匂《にお》いが漂います。それはもう、母に染み込んでしまって、いくらティッシュペーパーでふき取ったところで、吸い取ることなど出来ないのです。

前の授業がたまたま休講だったおかげで、いつもより随分と早く402の教室についた私は、今日は迷わずに、先週と同じ窓際《まどぎわ》の後ろから二番目の席に腰掛けました。念のため、自分の横の遮光カーテンを閉めます。この席を選んだのは、先週のこの授業のとき、なぜかいつもより天井の光に恐怖を感じなかったからでした。

光に対する恐怖心はもはや私の生活の一部で、背後から光人間が近づいてくる気がしておびえるのにも、どこか慣れてしまっていて、小さいころみたいに必要以上に取り乱したりすることもなく、極限が来る気配を感じればトイレにいくふりをしておさまるまで待つ手順もよく心得ていて……、膨れあがりそうになる恐怖心を上手にだましだまし、ごまかして消化するのは、もうお手の物になっていたのですが、それでもやはり恐怖感は弱いほうがいいのは当たり前のことです。私は息をつくと、せめてほかの学生がやってくる前の短い間だけでも精神を休ませたほうがいいだろうと教室内の電気を消したまま、座席に座りました。

古い校舎にはクーラーがついておらず、カーテンの向こうの窓は開けられています。外では若者同士が化学反応を起こし、雑踏の騒音とは異なった、学校という場所特有の希望で膨張したざわめきを発生させています。私にとって、ずっと、ああした若者のやりとりは学校に流れる音楽のようなものでした。私が皆にとって背景であるのと同じように、私にとっても皆のざわめきは背景なのでした。

「あ、この前と同じ席に座ってる」

ふりむくと、芹沢蛍が笑っていました。今日はレモン色のTシャツを着ています。

「隣、座っていい？」

私は会釈《えしゃく》しました。どうも、彼とはあまり上手に話せません。まあ、それは誰に対してもそうなのですが、彼に対しては特にそうなのです。芹沢蛍は鞄《かばん》を私の横に置くと、

「薄暗いな。電気つけていい？」

といい、返事を聞き終える前にスイッチに向かって歩き出しました。私は反射的に、首をすくめて身を縮めましたが、芹沢蛍の点灯した蛍光灯は、一斉に点滅しながら五十四本全て点《つ》いたというのに、なぜかあまり怖くありませんでした。私が不思議に思

いながら身体の緊張をおずおずと緩めていると、

「そういえば、先週、帰るとこ見かけたよ。白い車に乗ってたでしょ。仲良しだね」

いつのまにか座席に戻ってきていた芹沢蛍が腰掛けながら、そう言いました。

「昔の話、嫌いです。もう別れました。もうあの人、嫌いなんです」

私は言葉を吐き捨てました。終わったことを蒸し返されるのは何より嫌いです。自分の皮膚にこすりつけられた、さまざまな粘膜、いろいろな体液、ねばついた言葉などが感触と共に蘇《よみがえ》ってくるのです。

「えっ」

芹沢蛍は驚いた声をあげ、

「ひどいこと言うんだなあ。この前はあんなに嬉《うれ》しそうだったのに」

と、少し顔をしかめました。まっとうな指摘を躊躇《ちゅうちょ》せず言われたので少しうろたえましたが、それ以上に憤《いきどお》りました。恋人同士という誓約を交わしているかぎり、あの人の湿った粘膜を舐《な》め、ねじこまれ、摩擦される、一通りの義務を課せられるのは私なのに、他人からとやかく言われる筋合いはないはずです。不機嫌になった私は唇を強く閉じて押し黙りました。

「ごめん。変なこと言っちゃった」

芹沢蛍は困った顔になりました。

「元気なくした？」

「いえ。とても元気です」

なぜだか、芹沢蛍はとても困惑しているみたいでした。私がよほど落ち込んでいるとでも思ったようです。

そのとき、携帯が震え始めました。私はこれが苦手です。急に電話が生き物になったようで気味が悪いのです。急いで手にとって振動を止め、メールを開くと差出人は隆志さんでした。

あの日からしばらく電話をとらないようにしていましたが、もうその対処では限界かもしれません。私は席を立ち、荷物をまとめ始めました。

「えっ、帰るの？」

「用事ができました。失礼します」

私は振り向きもせず、教室をあとにしました。廊下には講義に出る若者達が列になって向かってきており、私は険しい顔で下唇を上の歯で嚙《か》み締め、そこを逆流していきました。すれ違う若者達は、皆、不思議そうにこちらを一瞥《いちべつ》していました。

もう近くにいるとメールにあったのに、隆志さんはなかなか現れませんでした。いつもはあんなにすぐに来るのに、校門の前で一時間ほど待たされ、これならあのまま講義に出ておけばよかったと思い始めたころ、隆志さんが現れました。

「やあ。今日は歩きなんだ。待たせてすまないね」

「いえ」

特に行くところも思いつかず、学生だらけのファミレスや定食屋ばかり立ち並ぶ商店街を通り抜け、私たちはなんとか駅前に落ち着いて話せそうな古い喫茶店を見つけました。店内にほとんど客はおらず、メニューは古ぼけて紙がところどころ破けていました。隆志さんは煙草《たばこ》に火をつけると、頷《うなず》きながら喋《しゃべ》り始めました。

「会ってくれてうれしいよ。本当にもう僕に気持ちがないなら、会ってくれもしないはずだからね」

私はコーヒーを注文した後は、一言も喋らずにぼんやりと隆志さんの顔を見ていました。一回拒否反応が勝利してしまうと、そこから恋愛願望のほうが持ち直してまた胸が高鳴るということは、経験上まずありません。異物感をもって私の視界に隆志さんの姿が注ぎ込まれてきます。それすら嫌に思い、私は自分のコーヒーに視線を落としました。

「誉が、僕のことをそうして憎んでくれてうれしいよ。憎しみと愛情って、真逆なようで同じ性質のものなんだよね。まだ誉にはわからないかな？　憎しみを感じるってことは、それだけ僕のことを愛しているってことなんだよ。誉はまだ子供だからわからないかもしれないけどね、もう少ししたらわかるよ」

私の心理を一人で楽しそうに分析して決め付けていく、この喋り方にとても惹《ひ》きつけられていたときもあったのに、どうしてこんなにおぞましいのでしょうか。私はまたやってしまったという気持ちでいっぱいでした。別れを切り出すほうが勝利したように言う人がいますが、私はそうは思いません。別れを切り出すほうは敗北者です。要するに、失敗したということなのですから。

「ほんとうにごめんなさい。もう会えないと思います」

「ちょっとちょっと、話が違ってきてるよ。謝ってもらいたくて呼び出したんじゃないんだよね。僕はわかってもらいたいわけ。君は今、僕を憎んでるように思うからそうして離れようとしてるんだけど、それは違うんだって、さっきから説明してるよね？　ちゃんと聞いていた？　だから、僕にも経験あるからわかるんだよ、若いときってそうやって自分の気持ちがわからなくなるときがあるんだ。こういうふうに一人で結論を急ぐことが、一番やっちゃいけないことなんだよね」

私はだんだんと面倒になってきていました。これもいつものことです。始めるのはあれほど容易《たやす》いのに、終了するのはどうしてこんなに煩《わずら》わしいのでしょうか。これからの展開は決まっています。「愛してる」と「別れよう」をどちらがどちらの台詞《せりふ》かわからなくなるまで繰り返し、身体《からだ》を寄せ合っては引き剝《は》がし、そうしてゆっくり振り子がとまっていくのを待つのです。時間はかかるものの、その分あとに引きずらない、小ずるい私が覚えた終了の方法でした。私はその間に何度か行われるであろう憂《ゆう》鬱《うつ》な性行為のことを考えていました。それならきちんと拒否するのが正しいのでしょうが、ノーと言うのが面倒な人間には、こうやってゆっくりとイエスを腐らせるしか方法がないのです。

隆志さんを視界に入れたくない私は、店内の絵でも眺めようと、視線をずらしていました。そこで、一瞬絵かと思った黄色い四角形が、小さな出窓だと気づいたのです。まだ絵だと思ったのは、その中の黄色い光景が少し非現実的に思えたからでした。まだ七月の中旬で、他ではあまり見かけない向日葵《ひまわり》が、満開に咲いていたのです。満開どころか、そのうちの数本はすでに枯れかけていました。男の子が、その中の特に茶色く染まった一本を覗《のぞ》き込んでいます。向日葵が溶け出たようなレモンイエローのTシャツ。すぐにわかりました。芹沢蛍です。

彼は唐突に枯れた向日葵の中に手を差し込みました。私は芹沢蛍が向日葵に食べられたのかと思って、一瞬、立ち上がりかけました。けれどそれは違っていました。食べられるのは向日葵のほうだったのです。芹沢蛍は向日葵の中から何かをつまみ出し、それを手の上で少しさわったあと、突然口に放り込みました。私は啞然《あぜん》としてそれを見ていました。

「どうかしたのか？」

話をまるで聞いていない私に、顔をしかめて隆志さんがいいました。私は乱れてしまった呼吸を、ゆっくりと整えました。なぜ、そんなことをしようと思ったのかは解りません。私はそろそろとコーヒーを持ち上げ、恐る恐る、それを隆志さんの頭の上で傾けました。

テレビなどでよく見るように、思い切りよくかけることはできませんでした。しかも茶色く染まってしまった隆志さんのシャツを見てから、普通こういうときにかけるのはコーヒーではなく水のほうだったのではないかと思いつき、私は困ってしまいました。それに謝る立場の私が相手に液体をぶっかけるということ自体、どう考えてもおかしいという気がします。ですが、それが、押し黙って首を縦に振りながら生きてきた私の、生まれてはじめての、記念すべきレンアイとの摩擦だったのでした。

隆志さんは呆然《ぼうぜん》としているようでした。やがて、ボタンを引きちぎって白シャツを

脱ぎ捨てると、中に着ていたTシャツだけになり、

「もういい。二度と顔を見せるな。もういい。もういい」

と繰り返し、店を出て行きました。

隆志さんがいなくなると、私は急いで千円札をレジに押しつけ、店を飛び出しました。芹沢蛍はまだ向日葵の前にいました。私はその背中めがけて走り、やっとの思いでTシャツの背中を掴《つか》みました。突然後ろに引かれて驚いた彼が、こちらを見て、

「あ、誉。どうしたの？」と目を瞬《また》かせました。芹沢蛍のTシャツは太陽が染《し》み込んで熱い。頭上には光の塊が、私達を照り付けていましたが、怖くはありませんでした。

「何かあったの？」

「何もないです」

滅多に走ることがないのに突然全力疾走したため、たいした距離でもないのに息が切れて、私はその場にしゃがみこみました。

「気持ち悪いの？　大丈夫？」

「少し興奮しているだけ。すぐにおさまります」

芹沢蛍は首をかしげて私の顔をのぞきこんでいます。

「何を食べていたの？」

胸が苦しくなって、そう聞いてしまいました。

「見てたの？　美味《おい》しそうだったから、泥棒してたんだ。向日葵の種だよ、ほら」

「私にもください」

私は、芹沢蛍の手のひらをまさぐり、一粒の向日葵の種を受け取りました。何かのカプセルみたいに、それをそのまま飲み込みました。向日葵の種は喉《のど》を引っかきながら落ちていきました。それが、本当に効き目のある何かの薬であるような気がしてなりません。

「おいしい？」

「……」

私は病気なのでしょうか。こんなときにも、体に、痺《しび》れるような甘い期待と痛みが廻ってきています。私はもうサンダルの爪先《つまさき》を、芹沢蛍の泥だらけのスニーカーに擦り寄せてしまっているのです。

「愛菜ちゃん。もう大丈夫、死んだよ。私とお父さんで殺したから」

私は薄暗い和室の障子を開き、母を驚かせないように低く抑えた声で呼びかけました。リビングに大きな虫が入ってきて、怖がる母は和室に避難していたのです。母は眉毛《まゆげ》を下げて、困った顔で私の左手をとりました。

「ああ、怖かったあ。ありがとう、誉ちゃん」

「愛菜ちゃん、明日から旅行なんでしょう。早く眠らないと、朝つらいよ」

「うん、わかったわ。ごめんなさいね、ありがとう。ああ、そうだわ。誉ちゃん。これ、返すわね」

それは書きかけの私のレポートでした。月末に提出する予定のものです。

「この前、机の上にあったから、ちょっと借りて、読んでみたの。誉ちゃんってやっぱり、すごいのね。難しい言葉ばっかりで、私にはぜんぜんわからないわ」

私は押し黙ってそれを受け取りました。昨日の夜、確かに引き出しの中に入れておいた筈《はず》です。母はいつも自分のことで精一杯なように見えるのに、こうして何かの拍子に、私の物や私自身を詳しく見ていることがあります。

初潮が来たときもそうでした。そのとき、私は四年生になっていました。前々から予兆を感じていたし知識もあったので少しも驚かず、即座にトイレットペーパーで応急処置をし、放課後コンビニエンスストアへ行くと、自分のお小遣いで生理用品を購入しました。

店を出て私はランドセルを開き、その一番奥底に生理用品の入った紙袋を隠しました。

家に帰ると「おかえりなさい、誉ちゃん」という声がするだけで、母はリビングの奥にいるようでした。「うん、ただいま」といつもどおり答えて、私はすぐに二階へあがりました。

母が一階にいることはわかっていましたが、それでも私は用心深く、ランドセルを背負ったまま、二階のトイレに入り、小さな物音もたてないように気をつけながら薄い紙をはがし、粘着面を下着に貼《は》り付けました。

しかしトイレのドアを開くと、そこには頰を紅潮させた母が立っていました。

「誉ちゃん。おめでとう。びっくりしちゃったわ。誉ちゃんはとても大人っぽいから、すごく早いのね」

私は呆然としました。足音には十分に気をつけていたのに、いつの間に二階へ上がってきたのでしょう。それにトイレに入るまで顔をあわせてもいないのに、どうして、母は感づいたのでしょうか。

その日、母はレトルトの赤飯を買ってきて、

「これも入れるわね」

と言って、白飯の入ったお茶碗《ちゃわん》にそれを重ねて盛り付けてしまいました。その日の

ご飯は母が水を入れすぎて炊《た》いてしまった失敗作でした。父は、

「お、もち米か、これを混ぜたら少しはましになるかもな。だってこれじゃあ、おかゆだもんなあ。まったく、愛菜ちゃんは料理が下手だなあ」

といいながらどこか嬉しそうに、赤飯と白飯を混ぜ合わせていました。淡い臙脂《えんじ》の塊が、水で膨張した白飯にまぎれて淡くぼやけて沈んでいきました。

それをさもおいしそうに口に運ぶ父を見ていると気分が悪くなってきて、私は何も言わずに席を立ちました。

せめて光への恐怖だけでも薄めたくて、暗い自室に横たわりました。いつもより随分甲高い母の声が、ドアの向こうから聞こえました。

「大変だわ。お腹《なか》が痛いのね。大丈夫？　誉ちゃん」

「いいえ。愛菜ちゃんはいつも痛むの？」

「私？　ふふ、私はまだないのよ」

母がなぜそんなことを言ったのかわかりません。冗談だったのかもしれないとも思います。けれどその次の日から家のトイレに設置された新品の三角コーナーには、いつも私の捨てたものしか入っておらず、母がいつの間に、どこへ自分のものを処理しているのか、私にはいまだにわからないのでした。

そんなことを考えながらぼんやりしていると、

「勝手に読んで、怒っている？　ごめんなさいね、誉ちゃん」

母が泣きそうになりながら、私の顔をのぞきこんでいました。

「ううん、別に怒っていないよ」

「よかったあ」

嬉しそうにしている母を見ていると、私は唐突に、明日、自分がここに芹沢蛍を連れてくるのだと、吐露しそうになりました。

私が週末に家に遊びに来るように誘うと、芹沢蛍はあっけなく頷きました。そのとき私は、赤いランドセルを背負って、いつも一人で歩いていたときのことを思い出しました。小学校の帰り道、きっとあの遠い喧騒《けんそう》の塊の中では、こんなふうな気安い約束が沢山交わされていたのだろうなと、ぼんやり考えました。

私の方からこのように人を誘うことはとても稀《まれ》です。いつも、そうする前に私の身体は当然のようにまさぐられ始めていたのに、芹沢蛍の手はあまり膣《ちつ》や乳房に興味がなさげです。彼はとても無防備で、私はその無防備さにどんどん付け込んでしまいます。

今日のように、レンアイの相手が更新されたとき、私はそのことを母に吐き出してみせたくなります。自分が思慕とか愛情などといったものの渦中《かちゅう》にあるのだと、突きつけて見せたくなるのです。それでもこらえて押し黙《ま》るのは、母はそんなことをうらやんだりするはずもなく、それこそ体中から幼さを撒き散らしながら喜んでみせるに決まっているからでした。

「私、妹が欲しいって思ったこと、一度もないな」

唐突に私がそんなことを言うので、母は首をかしげました。私の左手を握る母の手は、とても薄く、中に骨と肉片が詰まっていることが不思議です。

「どうしたの？　突然」

「べつに」

私は母の薄い手を撫でると、

「とにかく、もう大丈夫だから」

と言い残して和室を出ました。リビングでは父が、ティッシュペーパーに包んだ虫を覗き込んでいます。

「これ、見せたら驚くかな？」

「愛菜ちゃんがかわいそうでしょう。捨てるから貸して」

茶番を見せられるのはうんざりな私は、父から虫の挟まれたティッシュペーパーを受け取りました。玉虫色の大きな蠅《はえ》のような、見たことのない虫でした。私はそれをティッシュペーパーの上から親指で押しつぶします。二度と生き返ってこないようにです。母のためにも自分のためにも、この家は無菌室であってほしいのです。

私はトイレに粉になった虫の入ったティッシュペーパーを流しました。リビングから両親の声が聞こえてきます。

「誉が、殺したんだよ。雑誌ですぐに潰してね。あれはすごい子だなあ」

「格好いいのよね、誉ちゃんは、いつも、本当にしっかりしているから。いつも私のことを守ってくれるのよね」

私の親指が不意に熱を持ちました。

(もっと虫を殺さなくては)

(早く無菌室にしないと)

(便器が虫の粉でいっぱいになるまで、私はそれを続けなくては)

不思議な命令が浮かんでは消えました。

私はトイレの隅々まで視線を走らせました。トイレットペーパーをどけ、洗剤を踵《かかと》で倒し、けれどもどこにも玉虫色の虫はいませんでした。私は虫を粉にしたときのあの感触を何度も反芻《はんすう》していました。

私はトイレの棚の中にあった白いビニール袋を手にすると、静かにトイレを出ました。虫をいっぱい粉に崩して、ここに運んでこなくてはなりません。袋に入れて持ってこなくてはと、表に向かって歩きはじめ、けれど、途中で気がつきました。あの白く殺風景な世界に、この白い便器がいっぱいになるほどの生命が潜んでいるでしょうか？

そのとき私は、リビングの扉が生命の気配で振動していることを、ゆっくりと思い出しました。

私はビニール袋を抱きしめたまま、その黄土色の扉をじっと見つめていました。

（ピジイテチンノンヨチイクン）

急に喉をあの言葉が刺し、私ははっとしました。光の気配がすぐそばまで来ていたのです。反射的に自分の首元を押さえていました。強く押さえすぎて、まるで自分の首を絞めているような格好になってしまい、白いビニール袋が廊下に舞い降りていきます。私は足をもつれさせ、背中を壁に打ちつけました。

「誉ちゃん、どうしたの？　何の音？」

私は階段へ走り寄りました。天井には光が張り付いています。今にも、そこから手と足が生えて、こちらへ襲い掛かってくる気がしました。四つんばいに床へへばりつき、腕を伸ばしてなんとかスイッチを切りました。薄暗い階段を、獣のように四足のまま駆け上がります。

自室に入ると、外の街灯が目につき、荒い息を漏らしながら窓を開け、シャッターを全て下ろしました。

(ピジイテチンノンヨチイクン)

埃《ほこり》まみれになった手で、急いでTシャツの首元を摑みました。喉を締め上げたせいで、すんでのところで呪文は漏れませんでしたが、光への恐怖はいつもより数倍に膨れて、私のそばまではいずり寄っていました。

私は頭から布団《ふとん》にもぐりこみました。そこですら完全な暗闇《くらやみ》ではなく、ぼんやりと布団が輪郭を見せているのです。私は布団の中を幾度も回転し、光の影から逃げ惑いました。

自分の脂汗《あぶらあせ》の匂《にお》いが充満する世界の中で、私は、いつまで、どこまで逃げればいいのかと、そんなことを、遠くでぼうっと考えていました。

その週末の土曜日、私達は大学の駅で待ち合わせていました。

芹沢蛍はあのオレンジのTシャツで現れたので、すぐにわかりました。私達は電車に乗り込み、ドアの側に並んで立ちました。芹沢蛍は熱心に窓の外を見ています。

窓の外から少しずつ看板やネオンが消えていき、畑と緑だけになったかと思うと、急に視界がひらけて、むき出しの土地が遠くまで広がっていきます。そこにはところどころ、私にはやはり模型にしか見えない、白や淡い水色の建物たちが、礼儀正しく並んでいました。見慣れた光景に彼が重なっていることが、なんだか合成写真のようで、私は著名な絵画でも見るかのように角度を変えて、その光景を眺め続けました。

「誉ってほんと、変な子だね」

電車の中を歩き回る私を、彼は、

「おれに敬語つかうし。同じ年なんだから、タメロの呼び捨てでいいのに」

といっておかしそうにしていました。

「……わかりました。じゃあ、蛍って呼びます」

「誉、優等生なんでしょ。だって名前がそんなかんじだもん」

「そんなことないです……ないよ」

「それに、一匹狼《おおかみ》ってかんじ。ねえ、なのになんで、急に遊びにおいでっていったの？」

「……友達だから」

「そうかあ。ありがとう」

友達がいたことがない私は、その言葉を使うのにとても抵抗がありました。それに、私には下心しかなかったので。蛍がうれしそうにするのをみて、少し良心が痛みました。蛍はそんなことも知らずに、呑気《のんき》な様子で言いました。

「誉って、人見知りっぽいから、友達だって言ってくれると、なんかうれしいなあ」

電車が駅のホームで静止したとき、私はとても緊張していました。

「ここ？」

うなずくと、蛍は目を大きく見開いて窓の外を覗《のぞ》き込み、出口に向かって大きな歩幅で歩いていってしまいました。私は慌《あわ》ててその背中を追います。

「あ、刈りたての芝生の匂いがする」

ホームに下りた瞬間、蛍が言いました。私は意味がわからず、首をかしげて彼を見上げました。蛍の視線をたどって、線路の横が淡い黄緑の草に覆《おお》われているのを見て、やっとそれが柔らかく匂っているのがわかりました。毎日通っているのにそれをはじめて知ったことが、奇妙でした。

蛍の靴と地面は、磁石のプラスとプラスのようで、地面につくとふいと反発して浮き上がり、どんどん前へ進んでしまいます。歩みの遅い私は、足をもつれさせながらなんとか後を追いました。

蛍はそれからも、おかしなことを言っては、私を驚かせました。

「あ、くじらだ」

「キリンがいる」

「恐竜の足跡だ」

「ミステリーサークルがあるよ」

それはそれぞれ、石でできたオブジェだったり、工事現場のクレーンだったり、花のない花壇だったり日時計だったりしましたが、蛍はそんなことはおかまいなしです。何かを発見しては立ち止まって、うれしそうに手招くので、私もそのたびに横へ行って蛍の発見に立ち会わなければならず、私たちはなかなか家に着きませんでした。蛍といると、無味乾燥なこの街がだんだんと巨大な動物園か遊園地に変わっていきます。子供っぽさを馬鹿《ばか》にしたいのですが、うまくできません。それどころか、一瞬口元が緩みそうになることすらあります。

「おなかすいた。おやつにしよう」

蛍はポケットから折りたたまれた千円札と、小銭をだして、耳たぶをつまみながら少し考えこみました。

「これは、夜の分の五百円玉。帰りの電車賃抜いたら……ええと、二百五十円しかないや。新しい街の電車って、高いんだねえ」

蛍はこちらを見て、

「貧乏だなあって思った？　でも大丈夫」

と言うと、マンションの一階に設置されていた、小さな生協に入りました。

時間がまだ早いせいか、客は私たちだけでした。蛍は六枚切りの食パンと、パックの麦茶を買いました。

「二人で食べよ。さっき見えた、公園がいいな。おれ、好きなんだ、芝生の匂い」

「これ、何もつけないで食べるの？」

「うん、だってもう一円玉しかないからね」

蛍は呑気にそう言って、プラスチックの止め具を外して袋を開きました。

「はい、誉の分」

お腹《なか》はすいていなかったのですが、ついうけとってしまい、蛍の横に腰を下ろしました。

一口たべて、その柔らかさに、すこし驚きました。食パンが柔らかいのは知っていましたが、こんなに口に入れただけで溶けてしまうほどだったでしょうか。それに、とっても甘いのです。私は思わず袋をとって、原材料のところに甘味料がはいっていないか調べてしまいました。それほど強い甘味だったのです。私はいつのまにか、それを四枚も食べてしまっていました。

口に入れるものが美味《おい》しいということが、いま、自分が正しい場所にいる証明である気がします。いつのまにか私の緊張は解け、それどころか胎児に戻ったように安心しきっていました。少なくとも蛍の半径二メートル以内にいれば、光源に対する恐怖はゼロに等しく、太陽に関してはいとしく感じるくらいです。

公園の茂みの向こうには、私の通っていた中学校の空中通路が見えます。

私はちぎった食パンを口に押し込みながら、中学校にあがったばかりの春、更衣室でのことを思い出していました。その頃、女生徒たちの間では下着の見せ合いが流行していて、皆、それぞれ花柄やチェック模様などの華やかな下着を身に付けていました。私は下着は無地の灰色と決めていました。「岩」のイメージ通りに振舞ったほうが、自分の学校生活が平坦《へいたん》なまま乱れないということを、私はよく知っていました。

そのとき、背後からクラスメートの会話が聞こえてきました。

「ねえ、小学校のとき、上級生の間で、悪戯《いたずら》が流行《はや》って、大変だったよね」

「人の来ないトイレに、下級生を閉じ込めるやつでしょう？」

私は灰色の下着姿のまま、動きを止め、耳をそばだてました。そしてそのとき、やっとあの不可解なできごとの真相を知ることができたのでした。ピンクの布をかぶり、一人で下校している下級生を捕まえては、誰もいない公園の公衆トイレに閉じ込めて皆で騒ぐという、いささか乱暴な悪戯は子供達の間では有名なことで、とくに狙《ねら》われやすい下級生の女子は皆、一人で下校しないように気をつけていたというのに、友達のいない私の耳にははいらなかった、それだけのことだったのです。

「今じゃ先輩って感じだけれど、あのころの上級生って、ほんと子供っぽかったよね」

そのことを話題にした黄色いチェックのブラジャーをつけた女の子は、スカートのジッパーをあげながら笑っていました。まったくです。本当に、子供っぽい悪戯にずいぶん惑わされてしまったものです。私は黒い長袖《そで》のTシャツに頭をくぐらせた後少し笑ってしまい、ますます不気味になってしまいましたが、かまいませんでした。私はこれで解放されるのだと思ったからです。

けれどそれを知った夜も、呪文《じゅもん》は止まりませんでした。子供のつくったでたらめの呪文だとわかっても、それはどうしてもおさまらないのです。それどころか光への恐怖は少しずつ強まってきていました。私より大きくなった光の両手が、背後から首を絞めてくる夢を見るようになりました。私は光の影にずっと追われています。あの光は何なのでしょう。何故《なぜ》私を追ってくるのでしょう。いえ、わかっています。私の精神はあのとき歪《ゆが》んでしまったのです。いつかまた、呪文の最後にあの人型が現れて、正常な私はそのときに終了するのだと思います。私はそこから助け出してくれる人を探してしまうのです。そしてそれは芹沢蛍なのではないでしょうか？　私はついにその人を見つけたのではないでしょうか？

私たちのお尻《しり》の下からずっと遠くまで、淡い黄緑色がずっと続いています。その向こうには深緑の茂み。公園を歩く人たちの頬は、熱さで皆、桃色になっています。立ち並ぶ住宅の屋根は藍《あい》色、黄色、深い茶色と、それぞれ丁寧に塗りつぶされて、その下に住む寄り添う人間達を守っています。この建売の家が立ち並ぶ住宅地を、今までそのように感じたことはありませんでした。

今まで全《すべ》ての光景は、私の指紋がぎっしりついてから私の中に運ばれてきていました。誰しもが、自分のこころをまったく介さない世界を見ることはできないのでしょうが、私のは特に濁っているという気がします。誰かの恋人になることで、他人の頭脳を介した世界を少しだけ覗き見してきたつもりですが、こんなふうに立っている場所の色彩まで変わってしまうのは初めてです。私は蛍の育ちのよさのようなものを、少しうらやみました。脳が肥大化する必要のない人生を送ってきた人なのです。

「蟬《せみ》の声、すごいね。小さい木なのにねえ」

蛍は鳴き声を浴びるように身をそらせて、気持ちよさげに樹《き》を見上げています。

「蟬の声、好きなの？」

「うん、好き。誉は？」

「私は嫌い。歪んだ電子音みたいなんだもの」

そういうと、私はまた一口、甘い破片を口に運びました。あっという間に二人で一袋の食パンを食べ終えてしまいました。蛍はポケットにパンの入っていた袋をしまうと、立ち上がってお尻についた草をはらいました。

「急がないと、お昼が過ぎちゃうね。あっち？」

頷《うなず》いた方向へ歩き始める背中に、私は何の前触れもなく話し始めました。

「あのね。うちのお母さん、自転車に乗っているときに人に轢《ひ》かれたことがあるの」

蛍は歩き続けながら、振り向かずに声だけで応じました。

「それって逆じゃないの？」

「逆じゃないの。そういう人なの。歩いている人に轢かれて、道路にたたきつけられて、足首と手首を捻挫《ねんざ》しちゃったの」

「そうかあ」

蛍は呑気に、続けました。

「そんな人がお母さんだったら、困るなあ」

私はその返答がとても気に入りました。そうです。私はずっと困っていたのです。

そのとき、私は息を止めて立ち止まりました。すぐにそのまま走り出そうか、どうしようか迷いました。なぜなら、背後から、その愛菜ちゃんの声がしたように思えたからです。

「誉ちゃん、誉ちゃん」

その声は幻聴でないとはっきりとわかるほど大きく聞こえてきて、私はあきらめて首をねじり、顔を半分だけそちらへ向けました。緑道の上を通っている道路の脇《わき》から、母がこちらへ向けて手を振っていました。彼女の後ろには父の車が停まっています。

すぐに軽く手を振り返し、そのまま去ってしまいたかったのに、もう母は坂道を駆け下り始めていました。

「……愛菜ちゃん。旅行じゃなかったの」

「仕度に手間取っちゃって、今、やっとパパが車を出したところなの。助手席から外の景色を見ていたら、遊歩道に誉ちゃんに似た子がいるなあって思って。降りてみたらやっぱりそうだったわ」

母は頬を紅潮させ、息をきらせながら嬉《うれ》しそうにそう言いました。そして急に声をひそめると、私の耳元に唇を寄せました。

「ねえ、あの子、誉ちゃんのお付き合いしてる人？」

小学生のころ、バレンタインデーに教室の片隅で耳打ちしあっていた少女たちと、そっくりの仕種《しぐさ》です。私は想像通りの母の振る舞いに嫌気がさし、わざと大きな声で返事をしました。

「違うよ、愛菜ちゃん。お付き合いなんて、していないよ」

車のドアを開閉する音が聞こえ、父の間延びした声が響いてきました。

「おおい、愛菜ちゃん。日がくれちゃうよ。早く出発しよう」

父が母に向って手招きしながら、坂を下りてきます。私は息をつくと、蛍に向かって、

「この人は母親。あっちは父親です」

と簡単に彼らを紹介しました。

「あ、芹沢蛍です。初めまして」

蛍は屈託なく笑うと、両親に向かって頭を下げました。父は蛍より時計が気にかか

るようで、軽く愛想笑いをしながら「ああ、どうもどうも」と頭を下げるとすぐ母に向き直り、母の結わえた髪を引っ張って、

「ほら、早く行かないと、温泉に入れなくなるぞ」

と言いました。母はまださっき走ったときの動悸《どうき》がおさまらないのか、深呼吸しながら父を振り返ろうとしました。

「あっ」

そのとき、唐突に蛍の声が投げ込まれ、私達三人の視線は一斉にその指差す場所へ集まりました。

淡い水色の遊歩道の上に、何か、黒ずんだ黄緑色のものが横たわっていました。最初、それは模様の入った趣味の悪いリボンに見えました。

近寄って、断面を見てはじめてそれが生物だと気づきました。子供の悪戯でしょうか。そこにいたのは、首と手足を切断された蜥蜴《とかげ》でした。蛇のミニチュアのようになってしまった身体は少しひからびはじめていて、その周りには四つの手足が散らばっていました。

私と父は同時に母を見ました。母はこうした死骸《しがい》が苦手なので、こうしたものを見たときまず母を気遣うのが私達の習慣になっていたのです。

「……」

母は言葉をなくして顔を背けたかと思うと、急にしゃがみこんでしまいました。父が急いで身をかがめ、彼女の顔をのぞきこみます。

「おい、大丈夫か？　本当、お前は怖がりだなあ」

「……おねがい、どこかへ捨てて……？」

母は額に手を当ててか細い声を出しました。私は小さく息をつくと、蜥蜴の死骸へ一歩踏み出そうとしました。どうやら、それは私の仕事のようだと思ったからです。

「捨てるだなんて、かわいそうだよ」

私は顔をあげて声のした方を見ました。蛍が私より先に蜥蜴に駆け寄りました。その手が、ためらいもせず死体に向かって落下していきます。初めて見た時と同じ、Tシャツに染まったオレンジ色の手です。蛍は蜥蜴をのせた手のひらを見つめながら、いつもの誠実で丁寧な発音で、はっきりと言いました。

「どこかへ埋めてあげなくちゃだめだよ」

私は母を振り返りました。うつむいた顔は見えません。母の手は意地汚く自分の肩をかばってしがみついていました。

「……誉ちゃん、私、怖いわ……」

私は彼女を無視して、蛍のそばへと駆け寄りました。

「蛍、私もやる」

私は蛍の横にしゃがみました。蛍が土を掘るのに夢中で助かりました。もしこちらを見たら、私の顔面が笑顔で歪んでしまっているのに気がついたでしょうから。

私達は木の根元に小さな穴をあけました。土の匂《にお》いが香りたちます。私は、いつもこの遊歩道を通りながら、脇に植えられた植木の下の淡い黄土色の土が何処《どこ》か偽物《にせもの》であるように思えていたのですが、こうして上に蜥蜴の死体が横たわると、やはりこれは本物の土なのだと考えていました。

蛍は蜥蜴の横に、丁寧に四つの手足を並べていきました。

「誉。顔、どこかに、落ちてない？」

蛍にそう聞かれて私は蜥蜴の顔が転がっていないか、遊歩道の上に視線を這《は》わせました。

「ないみたい。誰かが持っていってしまったのかもね」

「そうかあ」

蛍は本当に途方にくれた顔をしていました。

何かの死骸を見つけるたびに、彼はこうしてお墓を作っているのかもしれません。

そしてそれが一番正しい、死体に対する対応なのでしょう。そして正しい答えを教えることは、間違いを指摘するのと同じ意味を持つのでしょう。

私はもう一度、今度は時間をかけて、母を振り返りました。母はもう立ち上がっています。いつもなら、首のない蜥蜴の死体など見たら、しばらく立ち上がれないはずなのに。

私は涎《よだれ》を飲み込みながら、笑いをこらえていました。蛍にかける声が、かすかに嬉しげに振動してしまいます。

「ねえ、蛍。ほら、花の生首なら、落ちていたよ。つけてあげて」

「うん、わかった」

私は顔の代わりに、どこかの家の鉢植えから首がもげて地面に落ちていた朝顔の花をひろいあげ、胴体の先に乗せました。花を顔につけた蜥蜴は、随分と滑稽《こっけい》ないでたちになってしまいました。

母がか細い声でいいました。

「……ねえ、誉ちゃん。私、お供えするお花を摘んでこようかしら？」

「いらないよ、そんなの。摘んでしまったら今度はその花が死んでしまうでしょう」

「……ごめんなさい。私、とっても驚いてしまったの。さっき、なんだか、とっさに、ひどいことを言ってしまったのかしら……」

「うん、そうだよ」

私は彼女の目をまっすぐ見据えて言いました。私の顔の下半分は緩んで、今にも喉《のど》仏《ほとけ》と舌が身震いし始めそうでしたが、不思議に目だけは力をこめて上手に見開くことができました。

「……誉ちゃん、私、とっても」

「だから、もうここにいないで。早く立ち去って。愛菜ちゃん」

母はしばらく沈黙したあと、すっと父に向き直り、早口で、

「……パパ。もう行かないと間に合わないわね。行きましょう」

と言い、うつむいたまま歩き出しました。

「ん？　ああ、そうだね」

興味なさそうにしていた父は母のビーズの鞄《かばん》を手に持つと、

「それじゃあ、また」

と少し手を振って坂を上っていきました。母の華奢《きゃしゃ》な足首がずいぶんと機敏に動いて、足早に坂をよじ登っていきます。私はその後姿を眺めながら、いつもよりだいぶ高くなってしまった声で、蛍に声をかけました。

「蛍、とかげが好き？」

「うん、小さいとき、飼ったりしてたなあ」

蛍は丁寧に、穴の中に土をふりかけています。その時、私は母の小さなビーズのネックレスが落ちているのに気がつきました。私は土だらけの手でそれを拾いあげました。

「蛍、ちょっと、落し物、渡してくるね」

私はネックレスを握り締めて走り出しました。母がどんな顔をしているのか、もう一度じっくり見てみたかったのです。

車はまだ発進していませんでした。何か出し忘れでもあったのか、父がトランクを開けて中を探っています。私は走るのを止《や》め、足音をさせずに車に近づいていきました。

母の横顔が見えました。母は胸を押えてうつむいていました。

私は立ち止まりました。母が誰かに強く揺さぶられているように見えたからです。しかしそうではなく、母は痙攣《けいれん》でもしているかのように大きく震えていたのでした。

やがてゆっくりとあげたその顔は、いつもの母の顔ではありませんでした。

母の瞳《ひとみ》は何も見ていないように見えました。目も鼻も口も動きを失って、顔は穴のたくさん空いたただの皮膚になっていました。

　父に与えられたのでしょうか。母は好物の、苺《いちご》牛乳の缶を手にしていました。母はパックのものより缶のほうが甘くて美味《おい》しいと言って、よく車の中でそれを飲むのです。不意に、糸にでも引っ張られたかのように、彼女の右手の小指がその中に滑り込んでいきました。母は缶の飲み口から、中に押し込まれた銀色の切れ目を折り曲げて外へ出しているようでした。顔はそのまま正面を向いているのに、指だけが懸命に動いて、空き缶にすがりついていました。

　やがて右手は空き缶から離れ、お腹《なか》の上から白いニットのノースリーブの裾《すそ》を持ち上げ、だらしなく開きっぱなしになっている唇の間へ、それをはさみました。母は自分の右手にされるがままになっています。下の歯に裾が引っ掛かり、母の腹部はむき出しになりました。

　右手は空き缶を握ったままの左手にしがみつきました。右手と左手は絡《から》み合って強く缶を握り締め、銀色の切れ目を母の真っ白な腹部に押し付けました。

　ここからはそれ以上の様子はよく見えませんでした。母の顔は服の裾を咥《くわ》えたまま前を向くばかりで、そこからは何も知ることができません。青白い母の顔と対照的に、缶を握っている母の手は赤黒く染まっていて、そこに大変な力が加えられていることだけはわかりました。

やがて、トランクを閉める音が響きました。その音を聞くと母の顔にすっと筋肉があらわれ、急にそこへ表情が憑依《ひょうい》しました。同時に、咥えていた洋服の裾も、顔から滑り降りて行きました。

父の足音に私は一瞬後ずさりしかけましたが、彼の視線はガラスの窓の中の愛菜ちゃんにすぐにへばりつき、そこからはがれる様子はありませんでした。彼は湿った息で窓を曇らせながら運転席の窓をノックしています。母は目尻《めじり》と眉毛《まゆげ》をいつものように大きく下げて、父の方を向き、右手を振ってみせました。母は上半身をのばして鍵《かぎ》を開けます。何か、また無邪気な発言でもして見せたのでしょうか。父は笑い声をあげながらドアを開きました。母は右手で父の服の袖《そで》を摑《つか》みながら、左手に持ったままだった苺牛乳の缶をさりげなく足元へ置いたようでした。それから左手も羽ばたきだし、彼女の両手は父の周りを飛び回り始めました。

母は父がトランクから出してきた透明のビニール袋を受け取っています。その中には彼女のための甘いお菓子がいっぱい詰まっており、母は一つ取り出しては父に向かってなにか一言、二言、嬉しそうに告げます。父はそのたびに笑い声をあげました。

私はいつのまにか、手にしていたビーズのネックレスを引きちぎっていました。色とりどりのビーズが坂を転がり降りていきました。私は後ろを振り向くと、ビーズを踏みながら坂を駆け下り始めました。

坂の下では蛍が笑っていました。

「おかえり。もう、埋めおわったよ」

私は無意識にブラウスの胸元を何度も引っかきながら、蛍に笑ってうなずいて見せました。

「そう。首は見つからなかった？」

「うん。やっぱり、どこにもなかった」

とても胸元が痒《かゆ》くてたまりません。私は何度も爪《つめ》を立てて服の上からそこを掻《か》いていました。蛍は両手をはたいて土を払いながら言いました。

「手が、土だらけになっちゃったよ。おなかも、また減ったなあ」

「……ねえ、早く家に行こう。家に、美味しいシチューが作ってあるの。一緒に食べようよ。急いで行こうよ」

「本当？」

蛍は本当に嬉しそうに微笑《ほほえ》みました。

「じゃあ、手、洗ってこよう、さっきの公園に戻ろうか」

「そんなの、家で洗えばいいじゃない？」

私の言葉を聞く前に、蛍は駆け出します。私はブラウスの胸元を鷲掴《わしづか》みしながら、その背中を眺めていました。

公園の方へ走っていた蛍が急に立ち止まり、マンションの立ち並ぶ、公園とは逆方向の道へ、突然方向転換しました。

「蛍。そっちじゃないよ」

私が叫ぶと、蛍が大きな声でこちらに向って言いました。

「聞こえない？　誉」

私には何のことだかわかりませんでしたが、蛍を追い掛けて走りだすと、最初は木々のざわめきかとおもったそれはどんどん強まっていき、塗り立てのマンションの横を曲がると、水しぶきを撒《ま》き散らしながら噴きあがる噴水がそこにあったのでした。

蛍は得意そうに噴水を指差すと、

「これで洗おう」

と言い、あのとき向日葵《ひまわり》にしていたように、手をめいっぱいに伸ばして指先をそこに差し込みました。

蛍の指先に応じるように噴水が形を変えます。細かい水しぶきが私の肌をおそいました。私は、塩素の匂いがかすかにする水しぶきが、なめらかに形を変えながら噴き上がり続けるのを、吸い込まれるように見つめました。

「誉、あぶない」

気がつくと私は二、三歩噴水に歩み寄っていて、身を引いたときにはもう遅く、体の前半分をぬらしてしまいました。蛍の笑い声がして、

「大丈夫、すぐにかわくよ」

と濡《ぬ》れた手で太陽を指差しました。私はなんだか眩暈《めまい》がして、足がもつれ、蛍めがけて倒れ掛かりました。

「誉」

驚いた蛍が私を受け止めました。私の服から滴《したた》っていた水滴が、蛍のTシャツの中に吸い込まれます。それをみていると、どうしようもなく蛍の皮膚の温度を測りたくなって、蛍のTシャツの背中に手をさしこんでいました。

彼の皮膚に爪が触れて気がつきました。痒いのは私の胸元ではなく蛍の肌だったのです。私は爪の先で蛍の背中を懸命に掻き毟《むし》り始めました。五本の指は舌になって、蛍の肌を味わいながらTシャツの中を這いずり回ります。

蛍は身体《からだ》を震わせて目をつぶり、それから不思議そうに薄く目を開けて私の顔をの

ぞきこみました。

やがて指では足りなくなり、私は唾液《だえき》まみれの唇を蛍のTシャツへ押し付けました。私はオレンジの布地に染《し》み込んでいる液体を吸いだそうとしましたが、もうそれは奥まで行ってしまっていて、吸い取るどころかこちらの口の液体が奪われていきます。私の舌が本当に味わいたいのは蛍の皮膚でしたが、布地に阻《はば》まれて舌先は繊維の上で乾いていきます。

「……私の家、もう近いみたい。引きずり込んでもいい？」

いつのまにか低い声で、そう言っていました。蛍は何も答えず、急に獣になった私を、少し怖がっている様子です。やっぱり私は蛍を誘拐したんだと、その顔を見て思いました。だって、蟬《せみ》が体中を這っているような快感が、私の身体を走ったからです。

ダイニングルームの壁紙に青い小さな花が規則正しく整列しています。私達はいつの間にか床に敷かれたカーペットの上に横たわっていました。天井からは丸い大きな蛍光灯、斜め上からはテーブルに置かれたスタンド、横からはフットライトに照らされ、私達は光にさらされていました。蛍の表面は色彩を引きずりだされてとても鮮やかです。

私はあおむけの蛍の両腕を押さえ、右ひざを彼の太ももにのせ、左の足の裏で彼の脚を踏みつけています。弾力のあるふくらはぎは絨毯《じゅうたん》の上で押しつぶされます。小さく、蛍のうめく声が聞こえました。蛍の薄茶色い肌が赤く染まってしまっています。私は蛍が逃げないように彼の頭を右手で押さえつけながら、さらに体重をかけていきました。

彼の健康な骨が私の下で軋《きし》み、その振動が私まで響いてきて、鳥肌が立つような快感が襲います。

床の上には冷凍庫から出してきたカップのアイスクリームがひしめきあって私達をとり囲んでいました。左手でしっかりと蛍を押さえつけたまま、私はその一つに右手を伸ばし蓋《ふた》を歯で開けます。

「ゲームだよ。蛍。少しでも動いたら、カーペットが汚れちゃうよ。じっとしていてね」

私は蛍の日に焼けた額の上に、蓋をあけたアイスクリームを置きました。

「ひとつ」

蛍は杭《くい》に打たれたように、頭を動かせなくなってしまいました。彼は困ったように視線を伏せています。

「ねえ、手のひらを大きく広げて」

蛍はゆっくりと手のひらを広げました。

「ふたつ」

大きく開かれた右の手のひらの上にまた一つ、アイスクリームを置きました。バニラのアイスクリームはもう周りが溶けかけて、液体になりはじめてしまっています。甘い滴《しずく》が一筋、蛍の肌めがけてじりじりと下っていきます。

「みっつ」

私は反対側の手にももう一つ、カップを置きました。カップが一瞬、倒れそうに震えましたが、私はかまわず手を離し、次のアイスクリームに腕を伸ばします。

「よっつ」

私は彼のTシャツを胸が露《あらわ》になるまでまくりあげると、脈打つ熱の塊が埋め込まれた皮膚の上へ、四つ目のアイスクリームを置きました。蛍は壁に打ちつけられた人形のように自由を奪われて、大の字のまま寝そべっています。私は蛍がもっと身動きができなくなるように、彼の上にさらにアイスクリームを並べていきました。

蛍は問いかけの言葉を喉《のど》の奥に留まらせたまま、私の指先を見つめています。私は蛍の髪の毛をつかんで、丁寧に撫《な》で付けました。顔の輪郭が露になり、蛍は目をとても強く閉じてしまいました。アイスクリームのカップを握っていたせいで冷えた指先が静かに瞼《まぶた》に触れると、蛍はますます顔に力をこめて身をすくめます。

私は尖《とが》らせた舌で蛍の表面をなぞり始めました。太陽でゆっくりと焦《こ》げてきたのがわかる、薄茶色の皮膚が、ところどころ熱が透けて赤く染まっています。顔を寄せて瞬《まば》きすると、睫《まつ》毛《げ》がくすぐったいのか、蛍が苦しそうに身をよじります。

私の呼吸は随分と荒くなっていました。リビングの窓はしっかりと閉じられていて、蛍のたてる物音の一つ一つさえ逃さないように構えています。

私の手が彼のジーンズにかかると、蛍は少し体をこわばらせて、僅《わず》かに抵抗を見せました。

「だめだよ、蛍、ゲームなんだから。アイスを倒したら負けだよ」

私は左手で蛍の腹部を押さえつけ、蛍のジーンズの中に右手を差し込みました。

こんなに薄い皮に包まれた繊細なものを、乱暴に扱うなと言うほうが難しい命令です。私はすぐに力をこめてそれを握り締めてしまいました。何か、とてもきれいな生き物の尾を摑んだような気持ちです。生け捕りにしなくてはいけないとわかっているのに、手に力がこもってしまうのです。

「怖い？　それとも痛い？」

「……」

蛍はもう言葉を発さず、彼の声は吐息だけになってしまいました。私は彼の顔をじっと見下ろしていました。

やがて蛍が、微《かす》かに痙攣《けいれん》しました。その拍子に、私の爪先《つまさき》がアイスクリームを倒し、とけてぬるくなったバニラの液体が蛍の足にかかりました。

それが合図のように、蛍は身じろぎし、胸の上と額の上にあったアイスクリームも倒してしまいました。彼はあわれな害虫のように、ねばついた罠《わな》に捕えられてしまいました。もがいても、もがいても、彼の動きは封じられていくだけなのです。

さらに数個のカップが倒れて床へ転がり、彼の身体はもう、すっかり甘い液体に侵されてしまいました。バニラの匂《にお》いが私たちの隙間《すきま》に充満しています。

深夜テレビの放映時間が終わったのか、雑音が聞こえ始めます。それはあのとき、聞かされた呪文《じゅもん》にかかっていたノイズを思い起こさせます。けれど、もう私は、少しも怖くはありません。

お昼過ぎに目を覚ました蛍が帰ったあと、私はずっと家を清掃していました。汚れたカーペットは捨ててしまいました。むき出しになったクリーム色のタイルには埃《ほこり》がたくさんついていて、私は雑巾《ぞうきん》がけをはじめました。いくら掃除をしても、綺麗《きれい》になった気がしません。

このように部屋を清潔にしたいと思うのは、私がついに本当の救世主と出会ったからに違いないと思います。掃除をするなどという健全な営みに、今までこんなふうに強い衝動を感じたことなどありません。きっと、本物のレンアイには、こうした健全な活動がつきものなのです。

私は幸福な妊婦のように、自分の体に起こるさまざまな化学反応をいとおしんでいました。いくら身体を動かしても、不思議なことにまったく疲労しません。

掃除を終えた時にはお腹《なか》がとてもすいていました。私は電源が入りっぱなしになっていた炊飯器の蓋《ふた》を開けました。銀色のスプーンを直接そこに差し込み、熱いご飯を掬《すく》い上げると、私はそれを飲み込みました。熱い感触が喉を降りていきます。私は夢中になって、スープをすするようにそれを繰り返し掬っては飲み込み続けました。気がつくと炊飯器は空っぽになっていました。

私は自分が喉が渇いていることに気がつき、冷蔵庫をあけて二リットルのミネラルウォーターのペットボトルを取り出しました。それもすぐ空になってしまいました。喉の渇きがまだ治まらず、私は財布を持ってコンビニエンスストアへ向いました。

ミネラルウォーターを四本下げて家に戻ってくると、旅行から帰った父と母が荷物を広げているところでした。

「ただいまあ、誉ちゃん。見て、見て、ほら、お部屋がとっても綺麗なの。誉ちゃんがやったの？」

母が駆け寄ってきます。なんだか彼女の無邪気な振る舞いはいつもより増幅しているようです。旅先で父が買い与えたのでしょうか。見たこともない淡い黄緑色のワンピースの中に風を巻き込んで膨らませながら走り回る姿は、ティンカーベルの物真似《まね》でもしているみたいに見えました。

「うわあ、どのお部屋も綺麗。すてき、すてき」

母は一つ一つ部屋のドアを開きながら、嬌声《きょうせい》をあげています。

「すてき。すてきね。すごいのね。私より、ずっとお掃除が上手なのね。誉ちゃんはいつもそうなのよね。何でもできてしまうのよ」

父が不思議そうに言います。

「誉、カーペットはどうかしたのか？」

「虫がいっぱい湧《わ》いていたから、捨ててしまったの。いいでしょう？」

私はコンビニエンスストアのビニール袋から、ミネラルウォーターを取り出して、それを喉に流し込みました。

父は冷蔵庫を開き、

「おい誉、水しか買ってこなかったのか？　冷蔵庫に何もないじゃないか」

「お腹がすいたなら、いま、またご飯を炊《た》くわ」

「米だけか？」

「そうよ。熱くて、甘くて、とても美味《おい》しいの。水も飲んでみる？　お砂糖を入れたみたいに、とっても甘いのよ。何でかなあ」

父は奇妙な顔をしてこちらを見ましたが、私は少しもかまいませんでした。

私は父を無視して水道に立ち、じょうろに水道水を汲《く》み、

「お前もいっぱい飲みなさい」

といいながら家中の植木鉢に水をやってまわりました。音をたてて水が吸い込まれていきます。まさに今の私の姿だ、そう思うとまた喉が渇いてきました。私は走って冷蔵庫に駆け寄り、さっき入れたばかりのミネラルウォーターをまた取り出して、乾燥した口の中に注ぎ始めました。

「見て、見て、パパ」

母が父に向かって手を振ります。

「誉ちゃんたら、物置まで全部掃除しちゃったのよ。ほら、もう空っぽになっちゃってるの」

母が声をたてて笑いました。母が笑うと、父もうれしげに笑顔を見せます。

今日は、つられて私も笑ってしまいました。こんなことは、本当にひさしぶりのことでした。笑い慣れていないので、「ひっ、ひっ」と喉が引きつるような音をたててしまいました。

翌日の月曜、私は朝の四時過ぎに目を覚まし、始発に乗って大学へ向かいました。自分の授業は休講でしたが、蛍のために、一番彼がよく眠れるような、涼しくて、日当たりのいい、蛍が眠ってしまっても教授の目が届きにくいような席を探してあげようと思ったのです。それは、蛍のおかげでもうあの煩《わずら》わしい手間をかけて自分の座席探しをしなくてよくなったことへの、ささやかなお礼のつもりでした。

しかし、いざ学校について教室の明かりをつけると、それがとても難しいと気がつきました。

まず、風通しのよい窓際の一番後ろの席に腰掛けて、すぐにそこがだめだと気づきました。座っただけで、窓のガラスが怪しく反射したのがわかったのです。窓の外には中庭があって、何が飛び込んでくるかわかったものではありません。粉々のガラスが蛍に降り注ぎ、彼は血みどろになってしまうでしょう。すぐに席をたち、今度は廊下側の後ろから三番目の席に腰掛けました。けれどここも駄目です。真上に蛍光灯があり、今にも落下して来そうです。光が怖くなくなったからといって、蛍光灯が敵でなくなったわけではありませんでした。

前のほうの席は、とても危ない気がしました。色とりどりの服を着たさまざまないでたちの学生たち。一人くらい部外者がはいってきてもわかるはずがありません。刃物を持った変質者がまぎれこんでいないと、どうして証明できるでしょう。私は教室の真ん中で立ち尽くしました。

ドアが開いて、少しずつ教室に学生達が集まってきました。皆、立ち往生している私を不思議そうに眺めながら、思い思いの席に着いていきます。

急に肩をたたかれ、私は目と口を大きく開いて、息を止めました。

「おはよう。誉も、この授業とってたんだね」

蛍でした。蛍は少し驚いた顔をしています。私がここにいるとは思わなかったようです。

「ううん、授業はとってないの。休講だったの。ここに座っていていい？」

「いいよ、でもこれ、すごい眠いよ。それでいいなら、ここで寝てなよ」

蛍は私が立っていた通路の隣の席に腰掛けました。

「誉？　座らないの？　あ、そうだ、朝ごはん分けてあげるね」

蛍は私に、大きなロールパンを二つくれました。それで私はやっと腰を下ろしました。

「昨日は、散らかしたまま帰ってごめんね。急に親から電話がきちゃって。怒られなかった？」

「大丈夫。掃除、好きなの。昨日から、綺麗好きになったみたい」

「そう？　ありがとう」

蛍は目を細めて頭を軽く下げると、蛍にしては珍しく、少し言葉を淀《よど》ませながら言いました。

「ねえ誉、昨日のあれ、どう思えばいいのかな。おれた……」

急に言葉を途切れさせると、瞬きをして視線をあげ、まっすぐにこちらを見て蛍は続けました。

「おれたち、付き合ってるってことになったのかなあ？　それでいい？　合ってる？」

首をかしげて、狐《きつね》につままれたような様子の蛍を見て、私は思わず噴き出しました。

「そうだよ。もちろん。当たり前じゃない」

「そうかあ。よかった」

蛍は難しい数学の問題が解けたときみたいに、やっと表情を緩めて頷《うなず》きました。彼は安心して背もたれによりかかると、ポケットから取り出した赤いビニールに包まれたソーセージをきれいにむいて、ロールパンにはさんで食べ始めました。

それにしても、蛍の座った席は危険すぎます。すぐ横に大きな段差があって、少し足を踏み外したら捻挫《ねんざ》してしまうでしょう。それに、椅子《いす》の釘《くぎ》が他の椅子より随分出ています。今にも蛍の肌を裂いてしまいそうです。

私は朝から熱いご飯を四杯と、レタスを半分と、ミネラルウォーターを一リットルも飲んだのに、なぜだかとてもお腹が空《す》いて、窓から何か恐ろしいものが飛んでこないか、おかしな人がこちらを見ていたりしないか、釘が彼の肌を引っかかないか、用心深く目を配りながら、蛍がくれたロールパンを食べていました。

こんなにお腹が空くなんて、心がとても健康な働きをしている証拠です。何よりもの証拠です。とても不安ですが、大切な人が事故にあうのを恐れるほど、健全な恐怖はあるでしょうか。私は恐怖を抱えた自分の背中を撫《な》でながら、それが幾度もこわばるのを、満足げに確認し続けていました。

事件が起きたのはそれから四日後のことでした。恐れていたことが起きたのです。あれから私は自分の授業には出ずに、ずっと蛍の横についていました。蛍は、「ちゃんと自分のに出ないと、留年しちゃうよ」と何度も言ったのですが、だって、蛍はとても危なっかしいのです。私が見ていないといつ怪我《けが》をするかわからないのです。けれど事件は、学校の外で起きたのでした。

金曜の朝、大学へ行くと、蛍が右手の甲に絆創膏《ばんそうこう》を貼《は》り付けていました。蛍は右手を私の視線から隠すようにしながら、

「昨日の夜、家に誰もいなくて、キャベツがいっぱいあったから、野菜炒《いた》めつくろうと思ったんだ。そしたら、炒めてる最中にピーマンが飛んできて手の甲に乗っちゃったんだ。でも、たいしたことないんだよ」

と説明し、呑気《のんき》に笑いました。私が「そう」とだけ言ってそれ以上言葉を続けなかったので、蛍は意外そうでした。昨日まで、道を歩くときは常に前を向いて、頭上と足元にも注意を払いながら、だとか、授業中は暑くても長袖《ながそで》を羽織って、何かの破片が飛んできてもいいようにすること、だとかいうことを、ずっと蛍の横で口うるさく

注意し続けていた私が、蛍の怪我に対して何の反応もしなかったからです。

「誉、怒ってる？」

「なんで？　怒ってないよ」

それを聞いて、蛍は安心したようでした。けれど、私は決意を固めていました。

「それより、今日、一緒にご飯食べない？　大学のそばに、美味しいお好み焼き屋さんがあるってさっき、後ろの席の子が喋《しゃべ》っていたの」

「お好み焼き？　すごい好き。うん、食べる」

「でも、夜が遅くなるから、送ってくれる？　最近、電車の中に頭がおかしい人がいっぱいいるの。お酒に酔った人もいるし、元からおかしい人もいるし、一見普通に見えて本当はおかしい人もいるの。だから怖い。私の住んでいる駅まで、一緒に電車に乗ってきてくれるだけでいいの」

「うん、そんなの、ぜんぜん平気だよ」

午後、私は久しぶりに蛍と別行動をとり、自分のとっている講義に出ました。蛍はそれをみてとても安心した様子でした。午後の授業が終わった時間に待ち合わせ、少しだけ散歩したあと、私達は駅前のお好み焼き屋さんに行きました。

私はとてもゆっくりと油をひいて、一枚ずつ時間をかけて焼きました。

「誉は、いっぱい食べるけど、食べるのが遅いんだなあ」

私が合計五枚のお好み焼きを一枚ずつ焼いて食べるのを、蛍はずっと待っていてくれました。そのせいで、外に出るともう真っ暗になっていました。

電車が私の住む街の白い駅に滑りこむころには、もう日付が変わろうとしていました。

「変な人なんて、いなかったよ。誉って、怖がりだね」

私は頷きも否定もせずに、話題を変えました。

「ねえ、少しだけ駅の外に出ない？　駅前に、すごく大きい模型があるの。この街の模型なんだよ」

「あ、おれ、この前来たとき、一瞬だけ見かけたよ」

蛍は腕時計に目をやり、

「うん、じゃあちょっとだけ」

と簡単に頷き、精算を済ませて駅の外へ出てきました。あの、私の好きな、空気の上を歩いているような歩き方です。

「すごいなあ。本当にそのままだ」

蛍はうれしそうに、振り向いては本物の駅と、模型の駅を見比べて感心しています。

私達と一緒の電車に乗ってきた人たちは、みんな、淡い灰色の歩道を踏みしめて、闇《やみ》へと溶け込んでいました。

「蛍、これから家に来ない？」

「えっ、今から？　でもおれ、あと五分で電車なくなっちゃうよ」

「家の庭にね、蛍に見せたいものがあるの」

蛍はちょっと考えてから言いました。

「ありがとう。でも、今日は遅いから、明日でいい？」

「明日じゃ、駄目なの」

「困ったなあ」

私は唐突に模型を指差し、大きな声をあげました。

「あ、ほら見て。蛍、模型の中に私と蛍が立ってるよ」

えっと背中を向けた蛍の背に、私は鞄《かばん》の中から取り出した草刈鎌《がま》の先をつけました。

本当は、ジャックナイフがよかったのですが、学校のそばには金物屋さんがなかったのです。休講の時間を使って近くの園芸店へ行き、一番大きなものを買ったのでした。

鎌は蛍のウエストラインにぴったりと沿ってしまいそうなほど、大きくて、持っているとなんだか安心できます。丁寧に研がれた刃先は暗がりの中で鋭利な弧を描いて、空中で静止していました。

「誉」

「静かにしてね。動いたらね、刺さっちゃうんだよ。前に進んでくれる？」

夏の夜とはこのように匂《にお》うものだったでしょうか。空気が飽和しています。ここが廃墟《はいきょ》だなんて、凍っているだなんて、どうして思ったのでしょうか。生き物の気配だらけではありませんか。

コンクリートがコの字に折れ曲がったゴミ捨て場の背後まで、墨汁をぶちまけたような黒い緑が押し寄せてざわめいています。歩くたび、虫の感触がサンダルの指先を掠《かす》めます。暗くて姿は見えませんが、生物が道路の表面にぎっしりはびこっているのです。足を踏み出すたびに何匹もの命が足の裏で潰《つぶ》れていきますがきっとあの黒い林のなかで何百もの卵が今も次々孵化《ふか》しているのでしょうから、かまうことはないでしょう。

私は家へつくと物音を立てないように門を開け、もう明かりが消えてしまった家の横をすり抜け、庭に設置された古ぼけた物置へと蛍を導きました。枯れた向日葵《ひまわり》は崩れた目玉に見えます。私はそれを撥《は》ね除けて、踵《かかと》に力をこめて踏みつけながら物置の戸を開きました。

「中に入ってね」

中には、前もってミネラルウォーターのペットボトルが三箱用意されていました。けれど、食べ物を用意する暇はありませんでした。だって、こんなに急にここに来ることになるなんて思ってもみなかったのですから。蛍は本当に世話の焼ける人です。けれど、大切な人の世話を焼くのはとても幸福な、まっとうな作業で、私の身体《からだ》から嬉《うれ》しさが液体になって漏れて染《し》み出していき、水滴が床へ落下します。

「座っていいのよ」

蛍は大人しく座りました。私は後ろ手で扉を閉めました。それにつれて物置の奥で縮こまっていた暗闇が膨れあがり、私と蛍を包みます。扉の隙間《すきま》からまぎれこむ弱々しい外灯だけがぼんやり私たちの輪郭をたどっていました。

「ここは小さいけれど中から鍵《かぎ》もかかるし、とても丈夫なの。私達のシェルターにちょうどいいと思わない？　ここにいれば大丈夫。何があっても私達は、安全なのよ」

私は、鎌の先は蛍から離さずに、蛍の横に座りました。がらんどうの物置は、日曜日に隅々まで掃除したので、床に座ってもどこも汚れません。そんなつもりはなかったのですが、まるでこの瞬間を予定していたみたいです。

「お水がいっぱいあるから、飲んでいいのよ」

私はそういいながら、左手で床をさぐって段ボールを探しあて、中から水のペットボトルを取り出しました。

「あのね。日曜日からずっと、お水が止まらないの。いくら飲んでも喉《のど》が渇くんだ。一日に、二リットルのペットボトルを二本も飲んじゃうの」

「……」

「あとね、レタスが美味《おい》しいの。何もつけなくても、何枚でも食べられるんだ。口のなかで、とてもいい音が鳴るんだよ。レタスとご飯ばかり、いくらでも食べちゃうんだ。お父さんも愛菜ちゃんも、笑うの。ウサギになっちゃったみたいねって。食べるのって、たのしいね。内臓を撫《な》でられてるみたい。こんな風に思ったこと、今までなかったな。全部蛍のおかげだよ」

私はとても安心していて、体中の力が抜けきっていました。リラックスすると人の顔は笑うようにできていたと私は知りました。今まで、随分と全身に力をこめたまま生きてきていたものです。でも、もう身体をこわばらせる必要はないのです。

私の身体は液体になって、皮膚の外へと溶け出てしまっていました。もう、物置と私に境界線はありません。そして私と蛍にも境界線がありません。プラスチックに包まれた清潔な水分。握っているという感触も感じないほど手のひらの中に深く沈みこんだ鎌の柄。体温を含んだ漆黒の塊になってうずくまっている蛍。全《すべ》ては私と一緒に鼓動しています。私は大きな心臓そのものになって、深呼吸をするたびにゆっくりと膨らんでは縮み、膨らんでは縮みます。

私たちは、四角い容器の中で溶け合って、一つの生命体になったのです。

「ね、お水がいっぱいあるから、飲んでいいのよ。喉が渇いたでしょう？　わかるんだ」

「……」

「今なら私、蛍光灯がびっしり部屋をうめつくしてても、ちっとも怖くないな。だって蛍がいるんだもん。私、勝ったの。ついに勝ったんだあ」

そのとき、とつぜん物音がし、蛍が身体を回転させたのがわかりました。蛍は本当に面白い、変わった子です。不思議なことをいっぱいするのです。私は蛍のことを少しだけ、刺してしまいました。

「動いたら刺さっちゃうって言ったのに。危ないんだよ。蛍は本当に、悪戯《いたずら》っ子なのね」

楽しくてはしゃいでしまっているせいでしょうか。蛍の息の音がずいぶん激しく、声といってもいいくらいの音で、物置の中に響いています。蛍もきっと楽しいのです。私は蛍のお守りをするのが大変です。本当に、よく見ていないと、危険なことばかりするんですから。

私は、少しだけ破裂してしまった目の前の皮膚のことを思いました。もっとよく、かき混ぜてあげないと。私たちはこのシェルターの中で均等な液体にならなくてはなりません。蛍の身体から、もっと赤い液体をいっぱいかきだして、そして、私はそれをよくかき混ぜるのです。とても丁寧に、いつまでも。

私は顔をほころばせたまま、蛍めがけて、大きく一歩踏み出そうとしました。

そのときでした。あの呪文《じゅもん》です。呪文が、私の身体の中から、外の現実めがけてとめどなく流れ出はじめたのです。

「ピジイテチンノンヨチイクン」

蛍は不思議そうに、私を見上げました。私がわけのわからない言葉を口走ったからでしょう。

「ピジイテチンノンヨチイクン。ピジイテチンノンヨチイクン。ピジイテチンノンヨチイクン。ピジイテチンノンヨチイクン。ピジイテチンノンヨチイクン」

蛍が何か言っています。

「ほたピジイテチンノンヨチイクン。ピジイテチンノンヨチイクンなの?だからピジイテチンノンヨチイクン。ピジイテチンノンヨチイクンなのよ」

「誉」

蛍の声が、いつものあの発音の上手な声が、嘘《うそ》みたいにかすれていました。私は蛍を安心させようと、一生懸命に喋ろうとします。でも、うまく喋れないのです。代わりに呪文が流れ出てくるのです。

「どうしピジイテチンノンヨチイクン。しゃべれピジイテチンノンヨチイクン。ピジイテチンノンヨチイクンうまくピジイテチンノンヨチイクンはどうして。どうしてピジイテチンノンヨチイクン。ピジイテチンノンヨチイクン」

喉を裂いて、呪文はあふれ続けます。だめだ。だめです。こんなに唱えたら来てしまう。あの人が来てしまうのに。

懸命にこらえていたのに、私は目を閉じてしまっていました。瞼《まぶた》はもう切り裂かれていました。あの人がいたのです。光の人影は、あのときよりずっとくっきりと、そこにいました。そしてどんどん近づいてくるのです。

「やめて、こないピジイテチンノンヨチイクン。たすけピジイテチンノンヨチイクン。ピジイテチンノンヨチイクン。ピジイテチンノンヨチイクン。ピジイテチンノンヨチイクン」

もう目の中は、光だけになりました。そして私は、あの夏の日のように、声をなくしてしゃがみこみました。

後に蛍から聞いた話では、私は突然しゃがみこみ、自分の右手を左手でひねりあげると、しばらくして、鎌を床に捨てたそうです。それから足の爪先《つまさき》でゆっくりと物置の扉をあけ、「逃げなさい」とだけ言ったのだそうです。それはとても落ち着いた声だったと蛍は言いました。私はそのまま、眠るように目を閉じて、座り込んだそうです。

言われるままに、蛍は逃げました。幸いなことに傷は浅くて、それよりも脱水症状をおこしかけていた蛍は、近くの公園でやっと水を飲むと、しばらく休んでいたそうです。それから手ぶらの蛍はなんとか近くに公衆電話を見つけ出し、私のために救急車を呼んでくれたのでした。

私は自宅の物置で自殺をしかけた女の子として、救急病院に運ばれました。蛍はそれを止めようとして、すこしかすってしまったのだと、救急隊の人に説明したのだそうです。いつも呑気《のんき》でとぼけているのに、蛍は私が思っていたよりずっと機転が利《き》いていました。

私はやっと気がついたのです。光の人影は、私を狂わせるために追いかけてきていたのではなかったのでした。私の狂気を止めるために、ずっと追いかけてきていたのです。

「まるで、森のくまさんみたいね」

ベッドの上の私は小さくつぶやきましたが、意味がわからなかったのでしょう、蛍の返事はありませんでした。伏せていた目を彼に向けると、蛍は泣いていました。

病室は清潔な直線ばかりで形成されていて、天井にはまっすぐの蛍光灯が六つ張り付いています。蛍光灯を囲む二十四本の直線が、白くにじんでいました。

蛍の陽に良く焼けた頬を水滴が降りていくのを見ながら、私は言いました。

「蛍。私から、逃げてくれてありがとう。これからも、ずっと、逃げてね」

蛍は、少しの間《ま》のあと、顔を上げずに答えました。

「……わかった」

「じゃあ、もう帰ったほうがいいよ」

「……うん」

私は清潔な枕《まくら》にこめかみを沈めながら、蛍のわき腹から覗《のぞ》いた白い包帯を見つめて呟《つぶや》きました。

「痛かった？　蛍」

蛍は水滴が両頬についたままの顔をあげ、顔中の筋肉を躊躇《ちゅうちょ》せず使う、あのいつもの笑い顔になると、

「うん。すごく痛かった」

と言ったあと、

「でもおれ、子供のころ、ベランダから落ちて、両足とも骨折して入院したことあるんだ。そのときよりかは、痛くなかった」

と続けるので、私は笑い声を漏らしました。喉に油をさしたみたいに、その声はとてもなめらかに私から押し出されて病室に浮かんでいきました。

「蛍。救急車呼んでくれて、ありがとう。……おやすみなさい」

蛍はおやすみ、と返事をするかわりに、枕の上で薄く目を閉じた私のために、とても上手に、音を立てずにドアを閉めてくれました。私はそのことにとても安心して、本当に久しぶりに、何にも追われずに深く眠りました。

目を覚ますと、病室の隅には父が立っていました。随分と眠ってしまったようで、

外は壊れたテレビの画面のように黒く静かになっています。ですが暗闇《くらやみ》は窓に弾《はじ》かれて中には入ってこられないようでした。

私と目が合うと、父が言いました。

「愛菜ちゃんが泣いて泣いて、心配しているよ。可哀相《かわいそう》に、家で寝込んでしまっているよ。愛菜ちゃんにあんなに心配かけたらいけないじゃないか。なあ、誉。お前は強い子だろう」

「ピジイテチンノンヨチイクン」

「何だって？」

父が眉《まゆ》をあげました。

「何でもない。ただのおまじない」

私は天井の光を見つめていました。手を伸ばせば、いつでも私に応《こた》えて、私の首筋を撫でてくれる気がします。

父は私のことが、少し怖いみたいです。さっきから、部屋の隅にいて、一歩もこちらへ近づこうとしません。こちらから視線をすぐに外して、早くそれを回したそうにドアの取っ手ばかりを見つめています。外から引きずってきたのでしょうか、よく見ると、彼には暗闇の欠片《かけら》がたくさんまとわりついています。上着の袖《そで》の中、指と指の隙間《すきま》、汗ばんだ襟元、耳の後ろ、シャツの中、ズボンの折り目、革靴の隙間、あちこちに漆黒のものがこびりついていて、彼はハンカチで懸命にそれをぬぐっています。しかし、そのハンカチと首筋の隙間にも、もう墨汁を注ぎ込んだように暗闇の破片がへばりついて、彼の皮膚からはがれないのです。

私はそれを見て少し笑いました。彼が懸命にそれを拭《ぬぐ》えば拭うほど、天井のあの閃《せん》光《こう》の塊が、眩しさを増していきます。

上から降り注ぐ無数の白い筋に背中をさすられて、私は、ゆっくりと瞳《ひとみ》を閉じました。その中には、もう、光しかありません。私の内臓は隅々まで照らされていました。光の人影の腕の中に私はいるのだと、そう思い、私はとても安心して、その腕に身をあずけました。

ギンイロノウタ

私が〝化け物〟だとして、それはある日突然そうなったのか、少しずつ変わっていったというならその変化はいつ、どのように始まったのか……考えれば考えるほど、脳は頭蓋骨《ずがいこつ》から少しずつ体の内へと溶け出していき、その中を漂いながら、ぼやけた視界で必死に宙に手を彷徨《さまよ》わせる。

……少なくとも、子供のころの私は、臆病《おくびょう》で愚鈍な、〝化け物〟には程遠い子供だった。

私が都内の病院で生まれたとき、その産声《うぶごえ》はずいぶんと小さく、母の耳には途切れ途切れに聞こえてきたという。驚いた母に、看護婦が「身体《からだ》が小さいから産声も小さいだけで、健康ですよ」と説明してくれたそうだ。

「有里《ゆり》ちゃんは、生まれたときから内気だったのよね」

と、母はそのときのことを笑いながら話した。

私は、自分はそのとき病院のベッドを血だらけにしてしまったことを言い訳していたのだと思う。舌をもつれさせ、振動しながら不安定に上下し、それでも相手にからみつこうと、治まることなく続く自分の産声を、はっきりと思い浮かべることができる。

言語を手に入れてからも、私はその卑屈な産声と同じような喋《しゃべ》り方で声を出し続けた。かぼそく、よく途切れる私の声は、聞いている人間を苛々《いらいら》させた。

私の住むマンションの住民同士の交流は薄かったが、それでも母と一緒にエレベーターを待っていると、同じ階に住むおばさんが話しかけてくることがあった。

「あら、有里ちゃん、ママとお買い物？　いいわねえ」

聞きなれない声が降ってくると、私はすぐに顔を伏せた。身体はこわばり、目玉だけがせわしなく上下左右に動き始めた。重い瞼《まぶた》の肉の隙間《すきま》を、私の淀《よど》んだ黒目は湿った便所の隅で逃げ回っている虫の背中そっくりに這《は》いずり回った。その動きが、相手に靴の裏で踏み潰《つぶ》して動きを止めてしまいたい衝動を与えていると思えば思うほど、目玉の上下は激しくなり、私は気づかれないように可能な限り深く俯《うつむ》いた。

おばさんはなんとか私の緊張をほぐそうと、「あ、そうそう、飴《あめ》があるんだ。一つ食べる、有里ちゃん？」とスーパーの袋から、小さなオレンジ色の飴を取り出した。

「あらあ、ありがとうございます。ほら有里ちゃん、お礼は？」私はますます硬直し、

「……ごめん、なさい……」としわがれた声で謝りながら手をのばし、中指と親指でこわごわ飴をつまんですぐにポケットにしまった。

「本当に、有里ちゃんは大人しい子ね」

困ったように母のほうへ向きなおった近所のおばさんへ、母は早口に答えた。

「そうなんですよ、陰気な子で……私もいろいろやらせてみてるんですけど、直らなくって。いいですわね、奥さんのところは、二人とも明るくて、いい子ですものね。やっぱり奥さんの教育が違うんですわ。うちはだめですわ、ほんとに」

母の返事をききながら、私は首の後ろ側の皮膚がちぎれそうになるまで顔を下げ、靴に差し込まれた足の横にできた細長い暗闇《くらやみ》をじっと見つめていた。

私の住むマンションは、オフィス街の真ん中にあった。結婚の際、父は自分の職場への利便を最優先に一人でさっさと決めてしまったそうだ。

残業の多い父には便利だったかもしれないが、ここは、生活するのに向かない街だった。大通り沿いには白く大きいオフィスビルがそびえたち、カーテンのない窓ガラスが羅列し中が透けて見えた。私にはそれらが巨大な蟬《せみ》の抜け殻に思えた。力をこめて握れば簡単に壊れてしまう気がしてならなかった。

その白い清潔な大通りから細い路地に曲がると少ししなびた小ぶりなビルが並び、それにまぎれて高い塀に囲まれた大きな一軒家がいくつか見えてくる。オフィス街から一歩入ったその近辺は、昔から名の知れた高級住宅地だった。路地を進むと豪邸でもオフィスビルでもない、くすんだ白いマンションが建っていて、それが私の住居だった。

閑静な住宅地といっても、子供の私には静か過ぎて不気味なだけだった。近くにはスーパーもなく、路地を出てもあるのは大きな事務用品の店、打ち合わせをする人がぎっしり席を埋めているコーヒーショップ、素早く空腹を満たすための定食屋などばかりで、母はいつも遠くまで食材を買いに行かなければならなかった。

昼になると会社員とOLが早足で行き交い始めた。私は白い歩道が無数の足に連打されるのをじっと見ていた。よそゆきの服装と表情をした人々の体温は低く、彼らの足が上下すればするほど、街の温度が下がっていくように思えた。

彼らは夜になると街から姿を消した。オフィスが休みになる週末と祝日はまるでゴーストタウンで、飲食店も弁当屋も本屋もシャッターを閉めてしまった。

私は母に手を繋《つな》がれて、灰色の路地にまぎれて建っているくすんだ白い直方体の中に入っていき、黒い扉のついた鍵《かぎ》付きの箱へ吸い込まれ、廊下へ上がり、左の引き戸を開けて鍵のない箱に入る。その小さな和室は子供部屋になっていて、私のおもちゃや幼稚園の道具が置かれていた。私は家にいるときは大概、この窓のない子供部屋に閉じこもっていた。

テレビを見るときだけは、子供部屋を出てリビングへ行った。そのころ、私はいつも夕方に再放送をしていた子供向けのアニメーションを見ていた。母は台所で夕食の準備をしていた。そっとリモコンを押すと、クレヨンをぶちまけたように色彩が画面いっぱいに広がり、その真ん中に、鮮やかな桃色の文字で「魔法使いパールちゃん」という文字が画面に散らばり、音楽にあわせて点滅した。

私は顔を下に向けたまま上目遣いで、きらびやかな画面を凝視し続けた。画面の中には曲線と色彩があふれている。目の中にそれらがどんどん飛び込んできて、瞬《まばた》きをする暇もない。私は、その中心にいるパールちゃんを見つめた。彼女の美しい巻き毛は歩くたびに上下に揺れ、中にいっぱい星のつまった大きな淡い水色の瞳《ひとみ》は、ネックレスやブローチのような装飾品に近かった。

気に入りのテレビ番組を見ている時ですら、私の顔はほころぶことがなかった。いつも沈んだ顔で画面を見つめているので、周りからは好きで見ているようには見えなかっただろう。

パールちゃんは私とは正反対の女の子だった。真珠色の髪をした人気者で、いつも手に愛らしい、これも真珠色のステッキを握っていた。私はピンクの宝石や貝殻がいっぱいついたそのステッキを凝視した。パールちゃんは魔法のステッキを、部屋の中のドレッサーへ向けて踊るように振った。

「鏡さん、鏡さん、このステッキと同じ色の、魔法の扉になあれ」

パールちゃんがステッキを振りながらそういうと、画面が光でいっぱいになり、その眩《まぶ》しさに目を細めていると、いつの間にかドレッサーの鏡が真珠色の扉になっている。

パールちゃんはよくその魔法を使った。そしてその扉をくぐり抜けて、小人達が働くチョコレートの国、人魚のお姫様のお城、サンタクロースの子供がいっぱいいる王国など、さまざまな異世界に出かけては、得意の魔法で困った人を助けたり、悪者をやっつけたりするのだった。

「パールの扉さん、パールの扉さん。おねがいよ、今日は私を妖精《ようせい》の国につれていって」

パールちゃんが愛らしい声で言うと、彼女にお願いされては仕方がないとばかりに、扉はすぐさま妖精の国へむかって開かれた。「ありがとう!」と言い残し、パールちゃんは笑顔でドアの隙間から虹色《にじ》の異世界へすべりこんでいった。パールちゃんの握っているステッキからは金平糖みたいな色とりどりの魔法の星屑《くず》があふれ出ていた。テレビが終わると、私は子供部屋へ戻った。引き出しから色鉛筆のケースを出し、カラフルな鉛筆たちに混じっておさまっている一本の銀色の棒を取り出した。私は黒いスカートの裾《すそ》を持ち上げ、棒に付着している色鉛筆の粉をきれいにぬぐった。

それを文房具屋で買ったのは、幼稚園の年少組のころだった。伯父と共に遊びに来ていた年上の従姉《いとこ》に連れられ、家の近所をうろついていたときのことだ。幼稚園児用のおもちゃしかない家に、小学校の高学年になっていた従姉はすぐに飽きてしまい、退屈だからと私を連れて外へ出た。

その日は日曜日で、灰色の街は静まり返っていた。人気《ひとけ》のない大通りを見回すと、従姉は息をついた。

「この辺って、何にもないんだねえ。もう帰ろっか。どこか寄りたいとこある？」

辺りを見回し口ごもっていると、

「はっきり言いなよ、有里ちゃん」

と苛々した声で言われ、慌《あわ》てて通りの向こうに見えていた文房具屋を指差した。

そこは店の入れ替わりが激しいこの近辺にはめずらしい、古い文房具屋だった。中では埃《ほこり》をかぶった事務用品が安売りされていたが、奥の一列に子供向けの可愛《かわい》いシールや便箋《びんせん》がたくさん置いてあるので、よく幼稚園の帰りなどにそこへ連れて行ってもらうことがあった。本当は、さっきからずっとそこへ行きたかったが、言い出せずにいたのだ。

「ふうん、別にいいよ」

従姉はそう言い、さっと道路を渡っていった。私が車の往来を見ながら戸惑っていると、

「早くおいでって！」

と通りの向こうから従姉が大声を出した。私は躓《つまず》きながら走り出し、道路を渡って従姉に駆け寄った。

「ちゃんとお金持ってるの？」

「う、うん」

私は首からポーチを下げており、中にはさっき伯父からもらったばかりの五百円玉が入っていた。

文房具屋には客はおらず、「いらっしゃい」と店のおじさんが優しく笑いかけてく

れた。従姉は便箋やカラフルなペンなどを見ながら、

「お店から出たら駄目だからね、有里ちゃん」

と言った。

私は匂《にお》い玉やフルーツ形の消しゴム、ロケット鉛筆や紙石鹸《せっけん》などが乱雑に並んだ、子供向けの一角を熱心に見ていた。さんざん迷ったあげく、パールちゃんの塗り絵を手にとって振り返ると、従姉はサイン帳をいくつか手にとり、中身を見比べているところだった。終わるまで待とうともう一度子供向けコーナーに向き直りかけ、私は動きをとめた。

長い定規やホッチキスの奥に、透明のプラスチックのカップがあって、その中に一本だけ、銀色の細長いものが入っていた。

最初は、銀色のきれいなボールペンだな、と思った。鉛筆のコーナーは向こうなのにと不思議に思った私は、それを手にとった。手にとると、思ったより重い。先には同じ銀色のキャップのようなものがついていた。

引っ張ってキャップを開けようとすると、ずるりと中から細い棒が出てきたので、驚いて声をあげそうになった。

唾《つば》を飲み込んでこらえ、あたりを見回した。息をひそめて、今度は丁寧に、さらに

引っ張っていった。

キャップと繋がって、細い棒がするすると出てくる。私は銀色の蛇が脱皮しているようなその光景に釘《くぎ》付けになった。中から出てきた新鮮な細い光のすじを人差し指の先で撫《な》でると、ひんやりとした感触に指先が浸った。

さらに引っ張っていくと、細い棒に続いてそれより少し太い棒がつながって出てきた。全《すべ》て伸ばし終えるころには、一メートル近くになっていた。

店のドアが開く音がし、幾人かの足音が入ってきた。私は慌てて、それを元に戻そうと押し込んだ。太い針金のようなものは、簡単に、元通り棒の中に収納されていった。

何がどうなったのかよくわからず、しばらく手の中でひっくりかえしたり、キャップと銀の棒の繋ぎ目をのぞいてみたりしてそれを眺めまわした。指の脂《あぶら》がついてしまい、ブラウスの袖口《そでぐち》で拭《ふ》くと、棒はますますつやつやと光って、私の顔を映しこんだ。棒に映った顔は銀と溶け合い、かろうじて私だとわかるくらい細長く伸びていた。

私はパールちゃんの塗り絵を元に戻し、その銀色の棒をレジへと持っていった。それに気付いた従姉が、サイン帳を放って近寄ってきた。

「それ、買うの？　なあに、それ、キャップ？」

店のおじさんもレジから身を乗り出して、

「これはペンじゃないよ、ほら、学校の先生とかが黒板を指すあれだよ。いいの？」

と何度も確認してきたが、私は頷《うなず》いて、ポーチから五百円玉を取り出しておじさんに渡した。

「変なものほしがるんだねえ」

従姉はあきれたように言った。

「はい、どうぞ。ありがとうねえ」

私はおじさんからうけとった細長い紙袋を、すぐに自分の服の袖口に隠した。

家に帰ると、台所にいた母が、エプロンで手を拭きながら廊下へ駆け出てきた。母は笑っていた。いつもの、皮膚の裏側が汗でぐっしょり濡《ぬ》れているような笑い方だった。

「おかえりなさい、有里のお守りしてくれて、ありがとうねえ。この辺、何もなくてつまらないでしょ？甘いものは好きだったかしら、ケーキが買ってあるんだけど」

私はその横をすり抜けて、玄関のすぐ脇《わき》の引き戸を開けて子供部屋に入り、音がしないよう用心深く閉めた。

私はこっそりと袖口から文房具屋の小さな紙袋を取り出した。

細長い袋の中から指示棒がすべり出てくるのを、慌てて受け止めた。汗ばんだ手に握り締められて、銀色の表面が白く曇る。私は息をつき、ゆっくりと指示棒の先についた丸い、キャップのようなところをつまんだ。

金属がこすれる微《かす》かな音の間に、かちりという手ごたえが挟まり、そのたびに中からもう一段階太い銀の棒が頭を出す。私は最大限まで伸びた指示棒を天井の光にかざした。蛍光灯に向けて棒の先で円を描くと、空中に銀に輝く波紋が広がっていく気がした。

「有里ちゃんも、ケーキ食べなさい」

母の声が聞こえてくるとすぐにそれを縮めて机の引き出しの中にしまい、リビングへ行った。従姉はケーキを食べるのに夢中で、私が銀色の棒を買ったことを母に話してはいないようだった。

私は安心して、苺《いちご》のショートケーキが置かれたテーブルについた。口に入れたイチゴの湿疹に舌が縮こまり、必死に唾液《だえき》を出して異物を溶かそうとしている。私は苺をずっと口の中で舐《な》め続けながら、引き出しの中の銀色の棒のことを考えていた。

あれを、私の魔法のステッキにしよう。誰にも見つからない場所に隠して、こっそりと持ち続けよう。それから、私は色鉛筆の黒色を抜き取って、空いた場所に銀色のステッキをそっと忍ばせるようになった。

それから、「魔法使いパールちゃん」を見終えると、子供部屋でこっそりそれを取り出すのが習慣になった。

廊下に足音がしないのを確認すると、いつものようにステッキを長く伸ばして、子供部屋の押入れの方へ向けた。

私はドレッサーに語りかけるパールちゃんの真似《まね》をして、ステッキを振りながら、真剣に襖《ふすま》に話しかけた。

「……あのう。このステッキと同じ色の扉になってください」

子供部屋の外に聞こえないよう、私は低い声で呟《つぶや》いた。

「おねがいします、あの……どうか、このステッキと、同じ色の扉になってください……」

私は何度も繰り返し唱え続けた。廊下の足音など気にしなくても、誰もその様子を見てパールちゃんの真似をしていると気付きはしなかっただろう。私は低い声で途切れ途切れに呟きながら、腕をまっすぐ上にあげて、メトロノームの亡霊にでもとりつかれたように、ひたすら前後にステッキを振り続けた。

腕が疲れてやっとステッキを下ろした。襖は、いつまでたっても銀色の扉にかわることはなかった。仕方がないので魔法がかかったということにして、私は襖にむかって囁《ささや》いた。

「銀色の扉さん、銀色の扉さん。お願いします。私を……黒い部屋へ連れて行ってください」

私はゆっくりと襖をあけた。押入れの左半分と、右上の段は、段ボールや父の荷物でいっぱいだったが、右下の段には私のお昼寝用のタオルケットがあるだけだった。

私はかがんで押入れに潜り込み襖をしめた。

私は黒い部屋へつながる魔法しかつかえなかった。押入れ自体が黒い部屋なのだから当然だった。

慣れない目に暗闇《くらやみ》が眩しい。黒い部屋の中は布団《ふとん》の除湿剤の匂いでいっぱいだった。ひんやりとしていたお尻《しり》の下のタオルケットに、だんだんと私の体温が染《し》み渡っていく。ここでなら魔法が使えそうに思えて、私は短く縮めたステッキの先で小さな円を描き始めた。

そうしているときっとステッキの先から、花火のような光の破裂が噴き出し始め、自分は魔法が使えるようになるのだという気がした。

ここは私を取り囲むどの四角形より広い。窓のない子供部屋より、鍵《かぎ》のついた部屋より、白い直方体より、輪郭はぼやけて、壁も天井もはるか彼方《かなた》にあるように思える。私はこの無限の空間を漂いながらステッキを回し、暗闇の中でかろうじて見える銀色の光沢に目をこらし続けた。

廊下を母が近づいてくる足音がすると、私はすぐに眠りから覚め目を見開いた。

「ほら有里ちゃん、朝ごはんよ」

母が寝室のドアを開けて声をかけた。寝室にはベッドが二台おいてあって、私は母のベッドで一緒に眠る。横を見ると、昨日の状態のまま、もう一台のベッドがあった。本当は父がこのベッドを使い、三人で川の字になって寝ることになっていたが、実際には父は書斎のソファベッドで眠ってしまうことが多かった。

私は起き上がり、母が枕元《まくらもと》に出しておいてくれた洋服に着替えた。

(今日はアカオさんかな)

着替えながら私は思った。指がこわばってボタンをかけちがえてしまい、急いで全部外し、慎重に一番下からボタンをとめていく。

着替え終わりリビングのドアをあけると、淡い水色のエプロンをつけた母が、テーブルの脇に立って朝食のお皿を並べてくれていた。

「有里ちゃん、おはよう」

「……おはよう、お母さん……」

かぼそい声で答えながら、(よかった、今日はオカアさんだった)と心の中で静かに息をついた。

母は皮膚でできた細長い袋で、普段は白い乾いた表面を出しているが、何かのきっかけで、それが突然ぐるりと裏返しになるときがあるのだった。私はそのときの母を、アカオさんと心の中で呼んでいた。お母さんとまるで反対という意味で逆さ言葉からつけた名前だった。

リビングの中央には真っ白に塗られたテーブルがあり、その上には白い皿が整然と並んでいる。そこだけ雪が降り積もったようなその光景は、いつも私を一瞬立ちすくませる。

私はクッションを置いて高さを調節してある自分用の椅子《いす》に浅く腰掛けた。お尻の半分を宙に浮かせ、爪先《つまさき》をめいっぱい伸ばして床につけ、膝《ひざ》を大きくひらいてふんばり、いつでもすぐに立ち上がれるような格好でご飯を食べ始めた。

「有里ちゃん、ちゃんとすわりなさい」

気づいた母に注意されて、爪先を床からあげた。爪先から床の感触がなくなると、私は落ち着かなくなった。

並んでいる白い皿の一つには目玉焼きが入っていた。その横の皿には、薄茶色に焼かれた食パンが乗っかっている。奥にはコップに入ったオレンジジュースが置いてあった。私はジュースを倒さないように気をつけながら、パンを持ち上げた。その拍子に、テーブルの白い表面にパンくずが散らばってしまい、急いでそれを左手の中に寄せ集めてポケットに隠した。

私は慎重にパンをちぎって口元に運んだ。パンくずが落ちないよう、大きく息を吸いながら口の中に柔らかい破片をねじ込み、左手に余ったパンをそっと皿の中に戻した。

今度はスプーンを手に持とうとしたが、指がもつれてテーブルの下に落としてしまった。急いで台所の方に視線をやり、母が見ていないのを確認すると、テーブルの下からスプーンを拾い上げ、音を立てないように用心深く椅子に座りなおした。

私は目玉焼きにスプーンをのばした。皿を汚さないために、黄身を割らないよう、白身を少しずつ掬《すく》っては、口に入れていく。湯気の消えた目玉焼きは蒸気で濡れていて、それが目玉焼きの汗に思えて気持ちが悪かったが、我慢して飲み込んだ。

最後に丸く黄身の部分だけを残し、私はそれをまるごとすくいあげて口に入れようとした。失敗してはだめだ、と思うと、右手に力を込めすぎて手が震えてしまった。スプーンの先が卵の薄い膜を引っ搔《か》き、中から鮮やかな液体が流れ出た。溶けたひよこの血が混じっているのか、液体は赤味を帯びた黄色だった。真っ白な皿に橙色《だいだい》のしみが広がっていくのを見て、私は慌《あわ》てて立ち上がった。

私は何枚もティッシュペーパーをとって、黄身をぬぐった。誰も気がつかないうちに急いで元通り綺麗《きれい》にしなくては、と焦《あせ》れば焦るほど、橙色の液体は皿全体に広がっていってしまった。

「何やってるんだ、気持ち悪い」

低い声が頭上からふってきた。父が起きてきたのだ。母の身体《からだ》が少しこわばったのがわかる。

「有里ちゃん、そんなことしなくていいのよ。ほら、貸しなさい」

母がすばやく私からティッシュペーパーと皿を取り上げ、台所からハムのいっぱい入ったサラダを運んで戻ってきた。

「今日は、コーンスープもあるのよ。有里ちゃん好きでしょう？」

私の目の前にお皿が置かれていく。その皿は私の前にあるが、実際には父に向けて陳列されているということがわかる。母は父の視線をとても意識しながら間違いのないように慎重に皿を並べていった。

テーブルの上を見もせず、父が大きな音を立てて椅子に腰掛けた。私は宙に浮かべていた爪先を急いで床につけ、スプーンを置いて立ち上がった。

「何か、お手伝いする」

母は真剣な表情で父の前にコーヒーを置きながら、手元から目を離さずに返事をした。

「まあ、ママとっても助かるわあ。じゃあ、新聞をとってきてくれる？」

お手伝いをしようとすると、母はいつも私に新聞をとってくるように言う。

私はエレベーターで階下まで降り、並んでいるポストから朝刊を取り出した。家のある四階に戻ろうとすると、エレベーターはもう上へいってしまっていた。私はエレベーターを呼ばなくてはと、新聞を脇に抱えたままボタンを押そうとした。その拍子に、新聞の隙間《すきま》に挟まれていたチラシを辺りにばら撒《ま》いてしまった。

散らばったチラシを急いで拾い集め、一枚一枚重ねて、元通り綺麗に新聞の間にはさもうとするが、チラシには大小さまざまなサイズがあり、どうしても角が合わずに、新聞からはみ出てしまう。私はその場にしゃがみこんで、それを指で慎重にそろえ始めた。

急にエレベーターのドアが開き、しびれを切らしたらしい父が出てきた。サンダルが床を強く踏みつける音を聞きながら、私は尻と脛《すね》を床にべったりつけて座り込み、チラシにさらに顔を近づけて懸命に直そうとした。

「新聞はどうした？」

私は顔を伏せたまま床でそろえていた新聞を持ち上げ、声の方に差し出した。チラシが新聞からこぼれて、また数枚、床に散らばる。私は急いでそれを拾おうとした。

「どうしてそんなに時間がかかるんだ。ああ、何やってんだ、チラシなんてどうせ捨てるんだからいいんだよ、そんなことしなくて」

父のため息と一瞥《いちべつ》に突き飛ばされた私は後ずさった。またやってしまった。私はいつも、こんな簡単な仕事すら、きちんとこなせない。母もそれを知っているから、新聞取り以外の仕事を私に頼むことはない。

父は床に散らばったチラシを踏みつけてエレベーターへ戻っていった。私は俯《うつむ》いて後を追った。

「あらあ、ありがとう、有里ちゃんが新聞持ってきてくれて、ママ、すごく助かったわあ」

父の後について顔を伏せたままリビングに踏み込むと、母が大げさにお礼をいった。

母は実際に思っているはずのない褒め言葉をいっぱい言ってくれる。そういうときの母の声はすこしかん高くて、何かを読み上げているかのような調子だから、すぐにわかってしまう。

「……遅くなってごめんなさい……」

「遅くて、いいのよぉ。有里ちゃんは、なんでも丁寧なのよね。ね、パパ？」

父はもう食卓に座って新聞を読み始めている。父はいつも食卓に半分背を向けてごはんを食べる。大きく新聞を広げ、私と母を全身で拒否している。背の高い父の背中はワイシャツごしでもわかるほどぎすぎすと骨ばっていて細長い。黒ずんだ顔はいつも高いところにあって、私は背伸びをしても、椅子に座っている父の細い顎《あご》にすら届くことが出来ない。

「ほら、もうバターがパンに染み込んで、おいしいわよ。早く食べなさい」

母は椅子を引いてくれた。椅子の足が床を引っかき、激しい音をたてた。私は一瞬体を硬直させ、黙って椅子に腰掛けた。母は私が食べかけのまま皿に置いていたパンにバターを塗ってくれていた。私は母から両手でそれをうけとった。

母が私に渡してくれたパンは親指に力をこめて握られたせいで、耳が潰《つぶ》れてしまっている。バターを力任せに塗りつけたらしく、バターナイフの先が幾度もパンを傷つけた跡がついていた。薄茶色い表面に何本も並んでいる白い引っかき傷を見つめながら、私はパンの耳をちぎって口にいれた。乾いたパンが口の中にへばりついてくる。口からパンを出してしまいそうになり、急いでオレンジジュースを流し込んだ。母はとても優しい声で私の身の回りのいろいろなことをしてくれるが、母の手のひらはとても正直で、乱暴に私の上着を丸めたり、力任せにめくられた幼稚園の連絡ノートの端がしわくちゃになっていたり、必要以上に力がこめられている痕跡《こんせき》があちこちに残っていた。

父が無言のままリビングを出て行くと、母は見送るために急いで立ち上がった。私の口の中のパンは、オレンジジュースと混ざり合いながら液体になっていく。なかなか喉《のど》に流し込むことができないままどんどん口の中で増加していっている気がした。

なんとか朝食を飲み込み終えた私は、母と手を繋《つな》いで幼稚園へと向かった。幼稚園に近づくにつれて子供たちの笑い声が大きく聞こえてきて、私の身体は縮こまった。

「ほら有里ちゃんも、外で遊ばない？　皆と一緒に。ね？」

隅で一人で絵本を開いていた私に、幼稚園の先生が優しく声をかけた。

「先生と一緒にいこうか。お外とっても天気がいいよ」

私は絵本を置いておずおずと立ち上がり、先生に手を繋がれて外へ出た。幼稚園の庭は土の匂《にお》いがした。私はその匂いが苦手だった。ここは活発な子たちのための場所だと言われている気がするのだ。子供達は一列に並んで「花いちもんめ」をはじめた。私の体は強張《こわば》っていた。この遊びで私は、いつも最後のほうまで残ってしまうからだ。

人気のある女の子は何度も名前を呼ばれ、いったりきたりの取り合いになっていた。私は知らず知らずのうちに俯いていた。向こうが連続してじゃんけんに勝ち、こちらの組が一人ずつ減っていく。私はいつまでも名前を呼ばれないまま、細い声で歌いながら前後に動いていた。

「そーうだーんしよう」

「そーうしーよう」

頭をよせあってひそひそと誰がほしいか相談している皆を見るたび、「有里ちゃんは、いらない」と皆が言い合っているように思えてくる。

ついに、最後の二人になった。「有里ちゃんがほーしい」見かねたのか、同じマンションの女の子が私の名を呼んでくれた。残ったもう一人の子がじゃんけんに負けると、私は夢中で女の子の方へ駆け寄った。緊張の汗でねばついた手のひらをしっかりと繋ぐためにのばそうとすると、女の子はさっと手を引き、大声で言った。

「ね、次は違う遊びやろー」

私は宙に浮いた手をさまよわせたまま、次は何の遊びに決まるのか、とても緊張して待っていた。子供向きの遊びは怖いものばかりだった。長縄は、長く続けば続くほど、失敗して止めてしまったらどうしようと考えてしまい、足がすくんで本当に引っかかってしまう。「あーあ、せっかくあと少しで百回だったのに」という声が聞こえ、私は身体を縮こまらせなくてはならなかった。

缶けりでも、一人だけ妙に見つけづらいようなところに隠れてしまって、他の子たちがもうとっくにつかまっているというのに私だけがいつまでも見つけてもらえず、もっとわかりやすい場所に移動しようかどうか迷っているうちに休み時間が終わってしまった。「どこにかくれてたの?」鬼の子から少し苛々《いらいら》と聞かれて、説明すらできずに言葉をつまらせた。

「はいみんな、もうお歌の時間よ」

教室の中から皆に呼びかける先生の声がして、私はほっと力を抜いた。

その日のお迎えの時間、いつもは早く来る母がなかなか現れず、私は奥でずっと一人で積み木をしていた。

それに気づいた他のお母さんが私に何気なく声をかけた。

「あら有里ちゃん、ママ今日は遅いのね、いつも早いのにね。どうしたのかしらね」

急に話しかけられて、私はおどおどともりながら、

「い、いえあの、たまに、遅いとき、よくあります」

と答えた。

母はその後すぐにあらわれた。母は笑顔で先生に頭を下げて挨拶《あいさつ》をし、近づいてくると私の手を握った。その手がぐっしょりと湿っていたので、私は、母の皮膚がいつの間にか、ぐるりと裏返ったのがわかった。

「あんた、また、余計なこと言ったでしょう」

幼稚園を出ると、母が低い声で言った。私は俯いて、自分がまた、何かをしでかしてしまったようだと考えていた。アカオさんは私の手を乱暴に引き上げた。

「エミちゃんのお母さんに、お迎えがいつも遅いって、言ったでしょう。遅くなんてないでしょ、ちゃんと毎日、他のお母さんより早く迎えに来てるでしょう、私は、いつも！」

濡《ぬ》れた粘膜が私の手にからみつき、手の骨が軋《きし》んだ。私はごめんなさい、といおうとしたが、喉が固まって声がでなかった。

「まったく、本当に、口を開くと余計なことばっかり言うんだから、あんたは！　忙しいのに、手間ばっかりかけさせるんだから！」

アカオさんの声はとても低くて、上から落ちてくるのではなく、地面からのびてきて、私の両足首を摑《つか》んでしまう。私はうまく歩けなくなって、よろめいてしまった。アカオさんは転びかけた私を乱暴に引き上げ、早足で歩き続ける。

このとき、母の手のひらと母の声はぴったりと符合する。私にはわかっていた。アカオさんの言うことこそ、母の本当の言葉なのだ。いつもはじっと我慢して、辛抱強く私に優しい嘘《うそ》をついているだけで、これが真実なのだ。

その夜、私は寝室で、いつまでたっても寝付けなかった。

やがてベッドが強く揺れ、布団《ふとん》の中に母が入ってきた。私は強く目をつぶったまま、息を潜めていた。

母も眠れないのか、低い、うなりのような溜息《ためいき》が、三分に一度くらいの間隔でずっと続いていた。そのたびにベッドが軋んで、私の手足はどんどん固まっていった。

父はその日も書斎で眠っているらしく、隣のベッドからはひんやりとした空気が伝わってくるだけだった。母から、また、低く長い息の音が聞こえた。

私は引き出しの中の銀色のステッキのことを思い浮かべていた。黒い部屋へいけたら、すぐに眠れるのに。けれどステッキがなくては魔法を使うことができない。私は目を強く閉じて、布団にもぐり、ステッキのことを思い続けていた。

その日は町内会の集まりのため、母は夜の七時から家を空けなくてはならなかった。

「じゃあ、おなかが減ったら、御飯は温めればいいようにしてあるから、お願いするわね」

母が呼びかけたが、父の書斎からは何の返事もなかった。母は腰をかがめて私の顔をのぞきこんだ。母の指が両肩に強く食い込んできた。

「いい、今日はいい子にしてるのよ。お父さんに迷惑かけちゃだめよ。退屈になったら、ビデオを見てなさい。わかった？」

私は母からの珍しい真剣な言いつけに何度もうなずいた。机の上には母がレンタルしてきたらしい子供向けのビデオが何本か置いてあった。

父は自分の分だけをさっさと温めて食べてしまった。それを横目で眺めていると、

「なんだ。温めるくらい自分でできるだろうが」

とあきれた声と舌打ちをのこして、すぐに書斎へ戻ってしまった。書斎といっても
それらしいのは机だけで、本はほとんどなく、リビングにあるより大きなテレビが置

いてあり、ドアの中からはいつも野球中継の音声が微《かす》かに聞こえた。食事のとき以外に父が書斎から出てくることはほとんどないのだった。

父の椅子《いす》の前には、食べ散らかされたままの茶碗《ちゃわん》と、半分ほどつつかれて残されたハンバーグ、手付かずのポテトサラダに、おかずが気に入らないときに父がよく一人で食べている瓶詰めの海苔《のり》の佃煮《つくだに》が、蓋《ふた》も閉めずに出しっぱなしになっていた。

私は白いテーブルで一人冷えたハンバーグを飲み込み終えると、テレビの前に座り、母が置いてくれたパールちゃんのビデオを見始めた。

今日のパールちゃんは、おもちゃの国から飛び出した悪戯《いたずら》好きなブリキの男の子を追いかけるお話だった。

パールちゃんがステッキを振り上げて呪文《じゅもん》を唱えようとした瞬間、思いがけないことが起こった。魔法が失敗して、パールちゃんの服が脱げてしまったのだ。

白い下着姿になったパールちゃんは悲鳴をあげ、すぐに魔法で通行人の男の人の服をとりあげて着てしまった。トランクス一枚になった男の人はくしゃみをして、周りにいた魔女のお友達はそれを見て大笑いした。しかし私はそれどころではなかった。

すぐにビデオを巻き戻してパールちゃんの服が脱げたところで静止させた。

パールちゃんが悲鳴をあげた瞬間、胸元を隠した彼女の周りに、大勢の男性が群がる絵がさしこまれていた。私は画面に向かって手をのばし、男性の顔をボタンみたいに一つ一つ押していった。どの顔にも赤い小さなハートのマークが埋め込まれている。美味《おい》しい食べ物を見つけたみたいに淡いピンクの舌をのぞかせている顔もある。

私は静止した画面をじっと見つめた。人差し指をその顔の一つにのばす。群がる男の子たちの顔は山積みになっていて蜂《はち》の巣みたいだ。そして、その一つ一つの奥に甘い蜜《みつ》が詰まっているのが、私にははっきりわかった。

涎《よだれ》をたらした顔、口の中にもハートマークが埋め込まれた顔、ぎょろりと飛び出した目玉の付いた顔、私は一つ一つを丁寧に人差し指で舐《な》めまわした。

画面を撫《な》でても撫でても、視線はパールちゃんに向けられていて、私は陰気な顔でテレビを撫でる奇妙な幼稚園児でしかなかった。私は、強烈な磁力で一瞬のうちに大量の男性を吸い寄せたパールちゃんを、初めて憎らしく思った。

私は右手を振り上げ、平手でパールちゃんの映っている場所を叩《たた》きつけた。パールちゃんは、困ったような顔で頬を赤らめ、身体《からだ》を隠したまま静止している。本当はパールちゃんは少しも困っていない、これはパールちゃんのショーなんだ、ということがはっきりとわかる。手のひらを押し付けてパールちゃんを隠すと、舌舐めずりした人間達の行列だけが残った。

私はビデオを静止させたまま風呂場《ふろば》に駆け込んだ。セーターを脱ぎ捨て、スリップをとり、スカートとパンツを同時に引き摺《ず》り下ろした。

裸になって冷たい浴室へ入っていき、壁についている鏡の前に立った。

私は鏡に両手の指紋をべっとりつけながら自分を覗《のぞ》き込んだ。これではだめだということがすぐにわかった。パールちゃんが一番懸命に隠していた、胸のふくらみがどこにもない。念のため横向きになって見てみたが、胸よりお腹《なか》のほうがよっぽど出ているくらいだった。青白い皮膚にあばら骨の形が浮き出ていて、子供らしいふっくらとした体つきですらない。

私は鏡から顔をそらして、尻《しり》が濡れるのもかまわずその場にしゃがみこんだ。自分の膝《ひざ》に顔をうずめながら思った。(まだなってないだけ。なってないだけだ)唇を強く嚙《か》んだまま立ち上がると、その言葉を口に出して呟《つぶや》きながらスリップを着た。スリップは裏返しだったが着替えなおす余裕もなく、セーターを胸元にかきよせる。セーターは前と後ろが逆になってしまったが、もうどうでもよくて、身体を隠し終えるとそのまま脱衣所に寝そべった。

目をつぶっても、さっきのテレビの光景が目の中にこびりついて離れなかった。男性が舌舐めずりをして涎をたらしている絵からは鮮やかな食欲が感じられた。私は惨《みじ》めな骨ばったからだのまま、足拭《ふ》きタオルの中に顔をうずめて低い声でうなった。（すぐにああなれる。私の体もすぐに膨らむんだ。そしたら服を脱げばいいんだ）私は小さな声で何度も繰り返した。

私は立ち上がり、ビデオを静止させたままのリビングへ戻った。テレビを消してビデオをしまおうとすると、椅子の上の新聞に目がいった。

乱雑に放られた新聞紙の間からチラシがのぞいていた。それは紳士服のチラシだった。背広を着た男性の大きな写真が印刷されていた。

男性は斜め上を見ている。私はその目玉を、指先で撫で回した。

私はそれを持ったまま子供部屋へ入った。ハサミを取り出し、眉毛《まゆげ》や鼻が入らないように気をつけながら、目のまわりの皮膚に切り込みをいれていった。

ハサミが小さい丸を作ることに成功すると、床に、桜の花びらみたいにチラシの破片が一枚舞い降りていった。腰をかがめ、ゆっくりとそれを拾い上げた。

手のひらの中で、目玉が笑って天井を見上げている。くすんだ白目の中で丸い黒目は笑った目の輪郭に押しつぶされている。

私は手の中の目玉をしばらくいじくりまわしたあと、セロハンテープを持って押入れの中にもぐり、押入れの下の段の天井に、目玉をしっかりと貼《は》り付けた。

皮膚が木と溶け合って、本当にそこに目玉が付いているように見える。私はチラシのそばへ四つんばいで戻って、紳士服を着て整列している男性たちの全《すべ》ての顔から、目玉を切り抜いていった。

切り終えたチラシには、目玉がくりぬかれた男性が並んでいた。私は床に散らばった目玉を、一つ残らず丁寧に手のひらに拾い集めた。手の中で重なり合った目玉は、孵化《ふか》しかけた蛙《かえる》の卵みたいだった。

私はそれを全て押入れの天井に貼り付けていった。セロハンテープに覆《おお》われた目玉はつやつやと光り、チラシの中にいたときよりずっと生き生きとして見えた。

天井に十数個の目玉を貼り付け終えると、私は押入れの中に寝そべった。こうして見上げると、どの目玉も、こちらを見てはいない。

私は引き出しの中からステッキを取り出し、押入れの襖《ふすま》とまっすぐ向かい合った。

「このステッキと、同じ色の、扉に、なってください」

私はいつもより大きな声でそう呟きながら、ステッキを上下に振り続けた。激しく振っているせいで、銀色の残像が空気に引っかき傷をつける。

腕が痛むまでそうしたあと、私は囁《ささや》いた。

「銀色の、扉さん。私を、大人の国に、連れて行って、ください」

私は襖を開け、黒い隙間《すきま》へすべりこんでいった。真っ暗な中で寝そべると、闇《やみ》の向こうで、全ての目玉が一斉にこちらを向いた気がした。

私は闇でぼやけた天井へ指を伸ばした。黒く染まった天井の目玉からもピンクの赤い舌がでてきて、涎がたれて、私に降り注いでいる気がする。

（大人になればこの目が手に入る。大人になれば、本物のこの目玉が、いくつも）

目玉から垂れた唾液《だえき》は、押入れの小さな四角形のなかを満たしていく。私はその中を漂いながら、いつのまにか、両足を固く組んでいた。腿《もも》に力をこめ、組んだ足を締め上げると、銀色の魔法の星屑《くず》が身体の中を駆け抜けていくのがわかった。（ステッキから魔法が出てるんだ。大人になる魔法が出てるんだ。魔法の星屑を、私の身体にふりかけてるんだ）私は夢中で足を強く締め上げた。そのたびに、魔法の星屑が身体の中で破裂しながら膨れ上がっていく。

締め上げては少し緩め、もう一度きつく締め上げては少し緩め、という作業を繰り返した。腿を前後に動かしながら、力をさらにこめて強く足をしぼると、急に、体中の水分が炭酸飲料になったような感覚に襲われた。

あ、きっと魔法が使えるようになったんだと頭の隅で思いながら、どっと力がぬけていった。私はステッキをしっかりと握り締めたまま、いつの間にか眠りに落ちてしまった。

学校からの帰り道にある小さな区立図書館は学校の図書室より本が少ないように思える。新聞を広げるサラリーマン風の男性が座っていて、奥の本棚には人気《ひとけ》がなかった。

私はランドセルを背負いながら奥へ進んでいった。まっすぐいつものコーナーにたどりつくと跪《ひざまず》いて一番下の棚に手をのばした。もう読み終えたものばかりだったがどうしてもここに来てしまう。私は、小学校の二年生になっていた。

私はしゃがんで、ランドセルを床に置いた。そのうちの一冊を、人差し指と親指でそっとつまんで取り出した。

(だいにじせいちょう)(げっけい)(いんぶ)(せいつう)何度読んでもそれは呪文みたいな不思議な言葉たちだ。私はそれを一つずつ指でなぞっていった。(しょちょう)私はそこをいつも丹念に撫でる。

絵本のようにわかりやすく図解してある低学年向けのものから、生理用品の種類など具体的な知識まで書かれている高学年向けのものまで、私は端から端まで読んだ。

自分があの目玉の部屋でしていることが「じい」であることもこれらの本で知った。

本の中では可愛《かわい》い絵柄の男の子が自慰を恥ずかしそうに相談していたが、私は平気だった。恥ずかしいことだとはまったく思わなかったし、それどころか、すればするほど、「げっけい」が早く訪れるような気がした。

読んでいるところを誰かが通ると、こういう本を熱心に見ている私は、もう第二次性徴が始まって、それに悩んでいるように見えるのではないかと思えてきて、その場で「魔法」を始めてしまいそうだった。もうすぐ三年生になる。「だいにじせいちょう」がはじまる年齢だ。私にもきっともうすぐ変化が訪れる。私の体の中に温かいものをいっぱい引きずり込みたい。そう思っているうちにまたあの感覚が襲ってきて、体の内部が激しく振動するのがわかった。

私は本に目を通し終えると、立ち上がり、ランドセルを背負いなおした。

坂道をあがって、マンションへと帰った。郵便受けを開き、中から夕刊をとりだす。そこから数枚のチラシを抜き取り、ランドセルに入れた。

家のドアをあけると、母が迎えてくれた。

「新聞……」

そう言って差し出すと、母は「あらありがとう、有里ちゃん。よかったのに、お母さんがお買い物にいったついでにとるから」と言いながらそれを受け取った。

小学校にあがっても、私がまともにできるお手伝いは新聞とりだけだった。

部屋へ入り、ランドセルを開けた。中からぐしゃぐしゃになったチラシを取り出し、手のひらで丁寧に皺《しわ》をのばした。引き出しに入っている朝の分のチラシとあわせ、端をそろえて机の上に置いた。

私はチラシを一枚一枚慎重に確認していった。ほとんどは食べ物や車などの商品の写真で、人間がいても、女の人ばかりだ。私は辛抱強く、チラシの隅から隅まで指でたどった。

眼鏡の宣伝をしている女性モデル達にまぎれて隅っこで一人だけ立っている銀色の眼鏡にスーツ姿の男性、車のチラシの中で運転席の横に女性と立っている外国人の男性、女性の洋服ばかりが並ぶデパートの広告の下で、催し物の欄に小さく写っている男性、私はそれらを決して見逃さずにハサミをいれた。

名前のない目玉というのが私にとって重要だったので、芸能人などの顔はくりぬかないまま丸めて捨てた。

ピザ屋の広告の下から紳士服のチラシが出てきて、私は耳を熱くしてそれを持ち上げた。紳士服のチラシは、私にとって宝物だった。男性の目玉がいっぺんに沢山手に入るチャンスだからだ。表、裏を確認し、なるたけハサミが裏の目玉まで切断してしまわないように、用心深く一つ一つ、目玉をくりぬいていった。

机の上は、丸い切り抜きでいっぱいになっていた。私はそれを大切に手に持って、押入れをあけ、下の段に入り込んで天井を見上げた。天井のもう三分の二近くに、びっしりと目玉が貼り付いていた。

私は目玉と目玉の間の隙間に、切り取ったばかりの瞳《ひとみ》をセロハンテープで丁寧に貼り付けた。押入れの下の段というのは盲点で、たまに母が押入れの奥にしまったミシンを取り出したりしても、天井に気付くことはなかった。

手の中の目玉がなくなると天井に指を伸ばし、一つ一つを丁寧に撫でていった。まだ、どの目玉もこちらを見ていない。しかし、銀色の扉から「大人の国」へ行けば、闇の中で全ての目玉が一斉にこちらを向くのだ。そう思うと、私はまたすぐにあの感覚におそわれた。

びっしりと埋め尽くされた目玉は、人魚のうろこみたいだ。はやく本物の目玉がほしい。私は「げっけい」のところに書いてあった植物のような「しきゅう」の絵を思い浮かべながら、下腹を撫でた。

「有里ちゃん」

母の足音と声がして、私は急いで押入れから出た。

「ちょっと開けてくれる？」

部屋の引き戸を開けると、布団《ふとん》を抱えた母が立っていた。

「お布団しいてあげるわ。昼間、ベランダに干しておいたからあったかいわよ。晩御飯ができるまでお昼寝していたら？」

「自分でしく……」

「有里ちゃんには、上手にできないわよ。お布団は、しっかり重ねないとあったかくないのよ。ちょっと待っててね」

母はそう言って私の部屋に布団を敷き始めた。小学校にあがってから、私は子供部屋で眠るようになっていた。布団は押入れの上段にしまわれることになっていて、下段は私のおもちゃ置き場になっていたから、目玉のことを気付かれることはなかった。ただ、目玉の部屋でうっとりとしていると、突然母が入ってくるので、私はいつも廊下の足音に用心していなくてはならなかった。

母は枕《まくら》を叩きながら、「はい、ゆっくりお昼寝してていいのよ」と言った。私は頷《うなず》くと、布団の中にはいった。太陽のにおいが私の全身にまとわりつく。

ようやく母が部屋を出て行く音がすると、布団から這《は》い出て押入れの襖をあけ、頭をつっこんだ。湿ったかび臭い匂《にお》いが私を安心させた。

自分の部屋で寝るようになってから、母の夜通し続く溜息《ためいき》をずっと聞きながら眠れなくなることはなくなった。だが、母が毎日のように干す布団から漂うこの匂いには、いつまでたっても慣れることはなかった。

ようやく呼吸が落ち着くと、暗闇が十分降り注いだ頭を引きずって押入れの外に出た。布団を敷き終えたら、晩御飯ができあがるまで、母が部屋に入ってくることはない。

私はブラウスのボタンを外して裸になり、部屋にたてかけてある鏡の前に立った。猫のキャラクターがついた赤い枠の子供っぽい鏡の中に、貧相な自分の身体《からだ》がうつった。

私は手のひらを鏡につけ、その中の自分の身体をたどっていった。どこから膨らんでくるのだろうか。乳房だろうか、お尻《しり》だろうか。どこにも変化があらわれていないことを確認し終えると、私は洋服を着た。

私はいつも息をひそめて、この儀式を欠かさず毎日繰り返した。自分の身体に現れる予兆を見逃したくなかった。

早く膨らめ。そうすれば、あの目玉の部屋はこの白い、窓のない子供部屋に溶け出して、部屋の引き戸から這い出て外の世界へと広がり、私の空想は現実になるだろう。

私はその日を待っていた。ずっと待ち続けていた。

四年生になった五月のある日の帰り道、私は早足で家へ向かっていた。引き戸をあけて子供部屋へ駆け込み、私はランドセルから「これから大人になる女の子たちへ」と淡いピンクのゴシック体で書かれた、うす黄色い箱を取り出した。中身はわかっていた。そこには予想通り、小さな冊子と共に生理用品の試供品が入っていた。

スライドやビデオで説明された言葉など私がとっくに調べ上げたものばかりだった。最初は騒ぎ立てていた男子たちも、理科の生物の授業とさして変わらない生真面目《きまじめ》なビデオにやがて退屈して、特別授業はあっさり終わった。皆が期待はずれの溜息をついている中、私は先生を見つめ続けていた。

「女子だけに渡すものがあるのでそのまま席についていてください」私は期待通りのその言葉に高揚し、一人顔を上気させた。

「なんだよ、なんで女子だけなんだよ」

「ばっかだなあ、あれに決まってるじゃん」

男子の囁き声の会話もほとんど耳に入らず、私は灰色のパーカーの上から心臓を押さえて待ち続けた。

その小さな箱は、簡単な説明の後に、「これは、女の子にだけ、特別にプレゼントだからね。教室であけちゃ駄目よ」という一言とともに手渡された。私は両手でそっとそれをうけとった。

教室に帰ると、女子は皆、すぐにランドセルにそれをしまった。からかおうとした男子は、すぐに担任に叱《しか》られて席についた。

私はそれから、ずっとランドセルのなかの小さな箱のことばかり考えて過ごした。学校が終わると、すぐに走って家へと向かった。

ランドセルの奥から鍵《かぎ》をとりだし、引き出しを開いた。そこには銀色のアルミホイルが敷き詰められていた。中にはラメのたくさんついたビニール製の星型のポーチがはいっていた。この中の空洞が埋まる日を待ち望んでいたのだ。

膨らんだポーチを引き出しにしまい終えると、箱に残っていた冊子を取り出して丹念に読んだ。図書館にあるものほど詳しくはないが、その分実用的な情報が質問形式で羅列されていた。私は「レバーのような真っ黒な塊が出て不安です」と質問している箇所に目を留めた。

「それは普通のことですよ、心配ありません」回答者が丁寧に質問に答えている。

レバーのような真っ黒な塊。それは図書館で読み漁《あさ》った本にはなかった表現だった。するとパールちゃんが出かけた海の底の人魚の王国でお姫様がなくした、黒真珠の宝石みたいな気がしてきた。そう思うと、それが私の身体から出てくるという絵本みたいなできごとが現実になるという事実に高揚し、頬が上気した。

私はスカートの中に手をつっこみ、下着を引き摺り下ろした。顔を近づけて真剣に眺めても、木綿の下着は真っ白なまま、太腿の間でよじれているだけだった。

その日私は珍しく、家の近い二人の女の子たちと近所の公園でバドミントンをしていた。私は相変わらず、土の匂いが怖かった。相手の打ちやすそうなところに打ち返すということができず、あさっての方向へ飛ばしてしまってすぐにラリーが終わってしまうので、私は点数を数える役に徹していた。遠くに飛んでいった羽根を投げ返すと、「ありがと」と言ってもらえるのでうれしかった。

「有里ちゃんもやりなよ」

「私、見てるだけでいい」

「遠慮しないで、やればいいじゃん。有里ちゃんのそういうとこ、私、きらい」

きらい、ということばに私はすぐさま反応して立ち上がった。

「やる。やる、やりたい」

ラケットを受け取った私は思い切り羽根を打ち叩《たた》いた。羽根は相手の女の子の頭の上を高く飛び越え、公園の外に飛び出していった。私は慌《あわ》ててフェンスに駆け寄った。

羽根は公園の隣の、一戸建ての家の屋根の上へ乗ってしまっていた。

「私、知らないよ。有里ちゃんがあんなに飛ばすからだよ」

駆け寄ってきた女の子は、怒ったように言った。

「ラケット、返して。ばいばい」

二人は連れ立って帰ってしまった。私はチャイムを押して謝りに行かなくては、と思ったが、中から人の出てくる気配がすると、身を翻《ひるがえ》して家へと走った。

「あらお帰り。早かったのね」

家の中では母が洗濯物を畳んでいた。私は羽根のことを言うべきかどうか悩んだまま、リビングのドアの前で突っ立っていた。

いずればれてしまうと思った私は、母の顔が見られず、爪先《つまさき》を見つめたまま、おずおずと口を開いた。

「公園から、羽根が……」

「なに？　どうしたの？」

母は立ち上がってこちらへ近づいてきた。

「公園の隣の家に……入っていっちゃったの。屋根の上に乗っかって、落ちてこないの」

母はしばらく黙っていた。

「それで、顔は見られたの？」

意外な質問に戸惑い、私はどもりながら答えた。

「わ……わかんない。中から音がした」

「見られたかもしれないのね！　山本さんの家？　武田さんの家？」

「わかんない……大きな家」

「赤い屋根の家？」

「たぶん……」

私は顔をあげて母の顔を見た。母の顔の皮膚がみるみる裏返って、アカオさんになっていく瞬間を見てしまった。私は慌てて顔を伏せようとしたが、アカオさんは私の手首を強く摑《つか》んだ。

アカオさんの手は濡《ぬ》れている。アカオさんの粘膜から染《し》み出す粘ついた汗が、私に染み込んでくる。腕は痺《しび》れて、力が入らなくなった。

「あんたが、ちゃんと、自分で、一人で、謝りに行くんだよ！」

私は慌てて外に飛び出した。羽根を飛ばしてしまった家を覗き込むと、屋根の上にもう羽根はないみたいだった。気づかれたのだろうかと、どうしていいかわからず公園のそばでうろうろしていると、服の襟元を後ろから摑まれた。母だった。

「お前……本当に一人で、ちゃんと謝れるのかい……」

母の額には脂汗《あぶらあせ》が滲《にじ》んでいた。

母は私を連れて、赤い屋根の家のチャイムを押した。木でできた表札には「山本」と彫られていた。中から優しそうな中年の女性が出てきた。

母は深々と頭を下げた。私と同じくらい、母がおびえているのが見て取れた。

「あの、申し訳ありません！　先ほど、バドミントンの羽根が……」

女性は笑って、頷いた。

「ああ！　さっき、何か音がしたからね、屋根に何か乗ってるみたいだから、ベランダからつついてみたら羽根だったんで、とっておきましたよ。どうぞ」

私は女性の怒っていなさそうな様子に顔をあげかけたが、横に立っている母の頭はますます下に沈んでいった。

「ごめんなさい。本当にごめんなさい」

私も慌てて頭を下げた。母は顔を下げたまま謝り続けた。

「……本当に申し訳ありません！ うちの子が……私は、いつも注意しているんですが。この子は、本当にダメな子で、言っても言っても聞かないんです。今日も、バドミントンは危ないから駄目だって、禁止してあったのに、勝手に……」

私は母の顔を見た。禁止などされていなかったからだ。

悪いのはこの子なんです、だから私を叱らないでください。私は母がそう全身で言っているのを感じた。

「いいんですよ、何かが壊れたってわけでもないですし」

近所の人は母があんまりへりくだるので戸惑っているようだった。

「本当にすみません。あんたも、ほら、あやまるんだよ！」

私はよたよたと近づいて「ごめんなさい」と頭を下げた。

「いいんですよ、本当に、もう。ねえ、子供は元気すぎるぐらいがちょうどいいんですから」

母はまた今度菓子折りを持って改めて伺いますといい、頭を下げ下げ、帰ってきた。

山本さんの家のおばさんは、母がそこまで恐縮することの方に戸惑った様子で、本当にいいんですよ、と何度も繰り返していた。

それから食事の時間まで、母が洗い物をしたり掃除をしたりする乱暴な音がずっと家の中に響いていた。私は声をかけて謝るのも怖くて、ステッキを握って子供部屋の中でうずくまっていた。銀色の扉は、母のたてる激しい音が聞こえるたびに、壊れてしまって開くことができなかった。

夕食の時間になり、父が食卓に座るころには、母はだいぶ落ち着いていたようだったので、私は少しだけほっとした。母は父に懸命に、今日の出来事を説明していた。

「禁止してたのよ、私は。バドミントンはダメだって。なのに、勝手に遊んだのよ。すごく怒られちゃったわよ。すごく怖い人だったの」

母のことばを、父は面倒そうに聞いていた。

「そんなもの、よく見てなかったお前が悪いんだろ」

父はうんざりとした口調で言い残し、箸《はし》を置いて立ち上がった。私は母の顔を見ず、食器を流しへ持っていこうとした。

「……あんたは何をやっても失敗ばかりするんだから。余計なことしないで、置いておいて」

私はそういわれて、お茶碗《ちゃわん》をテーブルに置き、部屋に戻った。

私は引き出しをあけ、星のポーチを取り出した。中から試供品を取り出し、薄い桃色のビニールの包みをゆっくりと開いていった。

姿を現したそれは、漂白した小さな蜂《はち》の巣に見えた。びっしりと隙間《すきま》なくならぶ清潔な湿疹をみていると、パールちゃんが空の上の真っ白なお城へ遊びに行ったときに座っていた、雲でできたソファのかけらであるように思えてくる。私は息をついて、目を細めて試供品を撫《な》でていた。

私は下着をずりおろし、裏に張り付いている薄い紙をはがして、粘着面をそっと下着に押し付けた。

脚の間にそれがある光景を、私はしばらく見下ろしていた。ゆっくり深呼吸をしながら、下着を上げていく。両腿《もも》の内側を、生理用品の端っこが引っ掻《か》きながらのぼっていった。下着のゴムが腰にたどりついた瞬間、乾いた感触が股《また》の間にはり付いてきて、私は違和感に息をついた。

吸収する液体がない生理用品は、私がまだ未完成だと伝えてくるだけだった。

私はステッキを取り出した。いつものように銀色の扉に「大人の国」に連れて行ってくれるように頼み、押入れの中にもぐりこんだ。

天井はもう目玉でびっしり埋め尽くされていた。私はそれを見上げながら、襖《ふすま》をしっかりと閉めた。

暗闇《くらやみ》は私の身体《からだ》に魔法をかけてくれる。この中では、自分の未熟さを忘れて大人の肉体になることができた。

自慰を繰り返すたびに身体の中に現れる銀色の星屑《くず》は、破裂し終わるとすぐに消えてしまうが、そのかけらは僅《わず》かに体の中に残っている。私の身体はつくりかけの砂時計で、少しずつ、蓄積されたそのかけらがいっぱいになったとき、星屑がゆっくりと下にむかって落ち始める。そのとき、海水に溶けた黒真珠の指輪のかけらが、ここに染み込んでいくのだ。

そしてそのとき、私は涎《よだれ》を垂らして見つめられる、完成された食べ物になる。それを食べるのは男の人の見開かれた瞳《ひとみ》で、私は瞬《まばた》きで何度も咀嚼《そしゃく》されながら、男の人の瞳にむしゃむしゃと食べられる。

私はその日が待ち遠しい。はやくここに、「経血」をいっぱい染み込ませたい。身体が女のかたちにふくらんで、そうしたら、服を脱ぐだけで本物の目玉たちが私を食べる。その日までもうすぐだ。もうすぐだ。腿を強く締め上げた瞬間、足の間で乾いた生理用品が潰《つぶ》れた音がした。

これほど心待ちにしているというのに、六年生の三学期になっても私にはまだ「月経」が訪れなかった。

もうクラスの女子のほとんどに月経が来ていることを、私は察知していた。クラスの女の子がこっそりとポーチを持ったり、服の袖《そで》口に生理用品を隠してトイレに急いだりする光景を、私は目ざとく見つけた。そうした女子の体がどのように「第二次性徴」しているのか、その丸い胸や尻《しり》を無遠慮に眺め回しては、自分の貧相な体と比べていた。

ある日の体育のあと、日直だった私は先生に命じられ、なわとびの技がどこまでできているか記録していく表を集めていた。出席番号順にして先生に渡し終えるころには、皆とっくに校舎へと戻ってしまっていた。

私は体操服を着替えるために新校舎へと急いだ。四年生以降、男子は教室、女子は多目的室で着替えることになっていた。

角を曲がると、廊下の隅に五人くらい男子が固まっているのが見えた。

「わ、来たぞ」

「逃げろ！」

「おい井岡、おまえ、ここにいろよっ」

「おおい、井岡が覗《のぞ》きしたぞ、覗きしたぞ」

走って逃げてしまった。

井岡君が突き飛ばされてよろめいている間に、他の男子たちは笑いながら、廊下を走って逃げてしまった。

井岡君はクラスの中でも私と同じような「いてもいなくてもいい」男子で、ちょっと見下されて使いっぱしりのようなこともよくさせられている男の子だった。

廊下の騒ぎは中までは聞こえなかったのか、多目的室からは何の反応もなかったが、井岡君のおどおどした様子が自分になんだか似て見えたので、私はいつになく強気な口調で声をかけた。

「ねえ、女子の着替え見てたの？」

井岡君は慌《あわ》てて首を横に振った。

「見てない。見てない」

私は井岡君を一瞥《いちべつ》した。目玉を切り取った男性たちと違い、まだ幼児めいた柔らかさがあちこちに残った子供の身体だった。こんな小学生の男子さえ覗きをはたらくほど「女の身体」というのは価値がある物体なんだと思うと、誇りと驕《おご》りがからみあって下半身から這《は》い上がってきた。

私は一歩一歩井岡君に近づいていった。井岡君は逃げても無駄だと思ったのか、観念したようにしゃがみこんでいる。

「ねえ、私の着替え、見せてあげよっか？」

多目的室の中に聞こえないように小さな声で、私は囁《ささや》いた。

「私、別に恥ずかしくないから、見せてあげるよ」

「い、いいよ」

「なんで？　だって、見たいんでしょ？」

「やだよ」

「だって、今、皆の着替えを覗いてたじゃない」

井岡君は覗きが見つかったことによる動揺もすっかり冷え切ってしまった様子で、けげんな顔で私を見た。

「土屋さんのは、やだ」

「なんで？」

「なんか、気持ち悪いから」

そのとき、中から着替えの終わった女子が出てくる気配がして、井岡君は慌ててかけていった。

残された私は呆然《ぼうぜん》としていた。信じていたものがひっくり返った気がした。

帰り道、私は公園のごみ箱の中に男性向けの雑誌が捨てられているのを見つけて拾い上げた。私は中にいる裸の女性を一人一人、じっくり観察していった。女性たちはみんなとてもきれいにお化粧をしていた。

私は家に帰ってからもクラスの女子と自分の違いについて考えていた。多目的室から聞こえた、女の子たちの甲高い笑い声を思い出した。パールちゃんもいつも微笑《ほほえ》んでいたと思い、噛《か》みすぎて甘くなったご飯を飲み込むと、唇の両端を力をこめてもちあげてみた。

「笑うな」

いつもはほとんど私に話しかけない父が、突然、箸を止めて低い声で言った。

「本当に、母親にそっくりだな。飯が不味《まず》くなる」

そういうと、また顔を背け、こちらに細長い背中を向けたままおかずを口に運びはじめた。

翌朝は、雲が一つもない、大きなスクリーンみたいな薄気味悪い空だった。私は朝食を食べながら窓の外に目をやり、その均一な人工的な蒼《あお》さが不快ですぐ目をそらした。

「新聞はどうした」

父の低い声がした。

「ごめんなさい、忘れていたわけじゃないんだけど、ほら、いつも有里ちゃんがとってきてくれるから……」

父はどうでもよさそうに母の言い訳を聞いている。

「すぐに持ってくるわね」

母が急いで出て行き、父は黙ってコーヒーをすすっていた。

トイレへ行って下着を下ろすと、股の部分が、水彩絵の具を落としたばかりのパレットのようになっていた。私にはそれが自分が待ち焦《こ》がれた「初潮」だということが、すぐにはわからなかった。それはちっとも「黒真珠」ではなかったし、腹部の痛みも身体のだるさもまったくなかったのだ。

私は部屋に戻り引き出しを開け、星型のポーチの中から生理用品を乱暴に取り出し、空になったポーチをごみ箱に叩《たた》き入れた。手に残った握られてよじれた生理用品の一つを包みから引き剥《は》がし、下着をずり下ろした。よじれた下着の真ん中で淡く滲《にじ》んでいる赤色の上に、生理用品を押しつけた。残った生理用品は、台所から持ってきたスーパーの袋に放り込んでランドセルにねじ込んだ。

身体から、あのあどけない、鼻血のような経血が出続けていると思うと、それが成熟どころか自分の未発達の表れである気がした。

教室に入り、席につくと、井岡君がちらちらと女子の方に視線を送っているのが見えた。その目玉が頭蓋骨《ずがいこつ》を透かして真ん丸く見えるような気がした。皮を剝がれた巨峰のように、甘い汁が染《し》み出して、べたついた水滴になって滴《したた》り落ちようとしている。私がずっと摘み取ろうとしていた果実だ。経血が流れたからといって、あの目玉が手に入るわけではなかったのだ。

私は腹部をさすった。憧《あこが》れていた鈍痛はどこにもない。きっと経血も微量にしか出ていないのだろう、乾いたナプキンの感触が股の間にしがみついてくる。

「修学旅行の写真ができました」

担任がそういうと、クラスはどっと騒がしくなった。先月、廊下いっぱいに秋の修学旅行の写真が貼《は》り出され、それぞれが自分の写っている写真の番号を選び、配られた封筒の表に書いて集めたのだった。

みんなが分厚い封筒をうけとっているなか、私は薄い封筒をうけとって席にもどった。中にはクラス全体の集合写真と班集合の写真の他は、小さく写っているのが二枚ばかりあるだけだった。

私はクラス写真を膝《ひざ》の上に乗せた。ホテルのロビーでクラス全員が整列し、髪をひっつめた私は俯《うつむ》き加減に前を見ている。

私は後ろに整列する男子の中から井岡君を見つけ出し、その目玉を油性ペンで黒く塗りつぶした。続いて、クラス中の男子の目玉を同じようにインクで押さえつけていった。

写真の見せ合いをして騒いでいる皆は私が膝の上で黒いペンを動かしていることに気がつきもしなかった。目玉を塗りつぶされた男子たちが整列している様《さま》は、切り取ったあとの紳士服のチラシの状態とよく似ていた。

私はペンの先からにじみ出る黒いインクを見つめながら考えていた。

価値が低いなら私は安さで勝負するしかない。

私は誰よりも私を安く売るんだ。そして誰よりも喜ばれて見せるんだ。女の子達の甲高い笑い声が鳴り響く教室の中で私は、そう強く、胸に誓っていた。

中学にあがり、一年生の二学期になったころ、突然、私はクラスの女子の大半から口をきいてもらえなくなった。何かの用件で話しかけると、気まずそうに口をつぐんでさっとその場を離れられてしまうのだ。私が話しかけると、吉田さんの顔をちらりと見て、悪いけど察して、と目で訴えながらすまなさそうに遠ざかって行く子もいた。

私には大体の事情が理解できた。吉田さんはクラスで権力のある女の子で、顔色ばかりうかがっておどおどしている私のことが嫌いだったからだ。

なぜだか、私は少しもショックをうけなかった。「やっぱり」と納得する思いのほうが大きかった。

元から友人が少なかったので、それほど劇的に状況が変化したわけでもなかった。無視をされるだけで、とりたてて嫌がらせをされるわけでもなく、奇妙に平和な学校生活だった。たまに、すれ違いざまに聞こえる、吉田さんの、

「死ねよ。きめーんだよ」

と言う声だけが、私に向けられる判《わか》りやすい悪意だった。それが聞こえると、私はいつも反射的に、微《かす》かに頷《うなず》いた。言葉にして言われるずっと前から、私はそのことをよく知っていた。

教室の中に行き場所のない私は、たいてい休み時間を校内を散歩することでやりすごしていたが、昼休みだけは長いので、毎日図書室に入り浸るようになった。本が好きな真面目《まじめ》な女の子のふりをして、休み時間が終わるのを待った。

図書室には茶色い髪の三年生の先輩集団がいつもいて、漫画を読んだり床にあぐらをかいたりしていた。ボールまで持ち込んでふざけあい、さすがに図書委員に注意さ

れたりしていた。

「あ、またいる」

「暗《くれ》えよな。いじめられてんじゃねえの」

「でもそういう女って、すっげ簡単なんじゃね？」

「簡単、簡単、すげー簡単」

「誰か試してみろよ」

私は本を読む振りをしながらその会話を一語も漏らさず聞いていた。集団から、一《ひと》際《きわ》髪の毛の茶色い先輩が近づいてきて、私に声をかけた。

「な、な、いつもこの席座ってるよね。一人で何やってんの？」

ばっかじゃねーのあいつ、本当に話しかけてやんの、と彼の友人が笑う声がした。

「本を、読んでます」

「一年生？　な、ちょっと話さない？」

頷き、本を開いたまま立ち上がった。

先輩は図書室を出て、そのまま校舎の一番上にあがり、特別室の奥にある空き教室へと入っていった。無言でそれについていった。ずっと待っていた〝安売り〟をするチャンスが訪れたと思った。

てっきりすぐに身体《からだ》を触られるのかと思っていたのに、急に向き合って前髪を触られながら、「なんか好きかも。つきあおっか？」といわれたとき、内臓から沸騰《ふっとう》した唾液《だえき》が口の中に湧《わ》き出し、視界が歪《ゆが》んで、そのまま崩れ落ちそうになった。

そんな言葉が本気なわけはないことはいくら私でもわかったが、なのにこんな適当な言葉にすら地面が捻《ね》じ曲がるほど高揚していた。

私はとても簡単にうなずいた。そんな、冗談みたいなやりとりで、「つきあう」ということは始まった。

私たちは裏の自転車置き場で待ち合わせてこっそりと一緒に帰るようになった。相手の私がお世辞にも商品価値が高いとは言えない、しかもクラスで無視までされている陰気な女なので、校門で待ち合わせるのは先輩が恥ずかしかったのだろう。

一緒に帰るようになって二週間ほどたったころ、先輩は私の手を握りながら言った。

「今度の日曜、昼間、誰もいないんだけど。家くれば？」

私はすぐさま頷いた。遅すぎるくらいだと思った。

先輩は早く経験というものがしたくてしょうがなく、それは性欲からというのとはちょっと違う気がした。私は人間ではなく、クラスの男子が休み時間に熱心に話しこんでいるテレビゲームに近くて、先輩達は挿入というイベントをクリアしてみせて、それを自慢しあいたいのだ。

けれど、経験がしたいのは私も一緒だった。いよいよ、あの目玉の部屋でずっと空想し続けてきたことが、現実になるのだと思った。本物の目玉が手に入るのだと思った。

前の夜、私は銀色の扉を開き、目玉の下で寝そべっていた。暗闇《くらやみ》にぼやけた目玉からは無数の舌が生えていて、私の身体をゆっくり撫《な》でている。私は足を締め上げ、膣《ちつ》に刺激を与え続けた。

ペニスはあったかい肉片で、私の穴はそれを吸い込むだろう。私はその柔らかい塊を、膣で舐《な》め、吸い付き、いつまでも味わい続けるのだ。

(肉体を、咀嚼《そしゃく》したい……、咀嚼したい……)

そう思って激しく腿《もも》を締め上げていると、私は簡単に達してしまった。

私はステッキと一緒に眠った。ステッキも、私が安売りの商品として一歩を踏み出すことを、喜んでくれている気がした。

日曜日の朝から、私の準備は万端だった。下までボタンになっているシャツワンピースを着たのは、それが一番脱がせやすいと思ったからだ。ブラジャーはフロントホックで、ショーツは横がリボンになっていてほどけるものだった。両方とも白くてデザインは素っ気無かったが、脱がしやすさの点では申し分なかった。先輩が準備し忘れていたときのために、避妊具も一箱鞄《かばん》に入れていた。それは先輩から家に誘われた日、自動販売機で買って用意したものだった。膣がどこだかわからなかった場合も考え、保健体育の教科書も忘れなかった。

家を出ようとするとき、不意に思い出し、ステッキを鞄に忍ばせた。自慰をするとき常にそばにあったものだし、うまく興奮できなかったときのために、そばに用意しておいた方がいいような気がしたからだ。これで、完璧《かんぺき》だと私は思った。

先輩のお父さんは郵便局員で、先輩はその官舎のマンションに住んでいた。住所を見ながらそこにたどりつくと、遠くからでも、建物の前に立っている浅黒い顔に刻まれた不機嫌な皺《しわ》が見えた。

「お前、遅くね？　早く上がれよ」

「はい」

私たちはエレベーターで七階へとあがったが、先輩は一言も発さなかった。

玄関を開け、私は一応、「おじゃまします」と中に声をかけた。

「だからさ、誰もいねえっつってるだろ。そういう彼女っぽいことすんなよな」

面倒そうに言い、

「部屋、こっち」

と、入ってすぐのドアを開いた。

部屋に入るやいなや、先輩はすぐに抱きついてきた。急に背後からみぞおち付近を締め付けられて、「ぐうっ」とへんな声をあげてしまった。先輩はそのままベッドに倒れこんだ。押し倒されているというよりプロレスの技でもかけられている気分だった。

シーツの上には先輩が食べ散らかしたお菓子の屑《くず》が散らばっており、ポテトチップスの欠片《かけら》が頰にささったが、払い落とす暇もなかった。

「親、三時には帰ってくるから」

言われて、急いで壁掛け時計を見ると、もう一時をまわっていた。それは大変だ、急がなくてはと私は思った。フロントホックにしてきてよかった。

私は脱がせやすいように、仰向《あおむ》けのまま「気をつけ」の姿勢になった。先輩はワンピースの裾《すそ》を摑《つか》んでボタンを外そうとしていた。先輩の下向きの睫毛《まつげ》を見ながら、そういえばちゃんと目を見たことがなかったなと思った。先輩はつり目がちで、こちらから見て右側の目尻《めじり》には小さな黒子《ほくろ》があった。目玉が見たかったが、頭を持ちあげても瞼《まぶた》の皮が動いているのが見えるだけだった。

私たちはまだキスもしたことがなかったが、先輩にとってはあまり重要なことではないらしく、ワンピースのボタンは下から乱雑に外されていった。

私は、とりあえずされるがままになっていた。先輩に、あの女をやるのはすごく簡単だった、俺は得した、と思ってほしい。けれど、どうすればそう思ってもらえるのかまではよくわからなかった。

先輩は上半身にはほとんど触れず、すぐにボタンが半分外れたスカートの中に手を入れてきた。彼の好奇心は私の下半身のみに向けられていた。おそらく途中までは経験済みで、早急に挿入を経験したいのだろう。友人に経験者がいて、取り残されたような気がしてあせっているのかもしれなかった。私は彼の邪魔をしないよう黙って動きを止めていた。

先輩は下着の上から指で膣を探し当てると、肘《ひじ》が上下するほど激しく、テレビゲームのコントローラーにするようにそこを連打し始めた。私は、鈍い痛みを感じながらぼんやり天井をみていた。

「お前、声とか、出さないの？」

不機嫌そうに先輩が言う。

「普通の女は、こうすりゃ喜ぶんだよ。お前、何なわけ」

それを聞いて、私は今操作されていて、正しく反応しなければならないのだと気付いた。いろいろな種類の、女性の肉体の操作説明書が出回っていることは知っていたし、それを読んでもいた。

先輩はますます激しく指を連打しはじめた。操作通りに反応しなくては。液体をだし、なにか音声をあげなくては。そういう仕組みになっているはずなのだ。なのに私は痛みを感じるばかりだった。

気がつくと、私は自慰をするときのように、右足を左足にからめ、しっかりと腿を閉じていた。

「なんだよ？　開けよ」

苛々《いらいら》と先輩が言った。

「もったいぶんなよ、鬱陶《うっとう》しいな。こっちだって、好きこのんでお前なんかと付き合ってるわけじゃねーよ、気味わりい」

今こそ、私は誰よりも私を安売りしなくてはならなかった。笑って足を緩めなくては。けれどそう思えば思うほど、私の腿は締まっていった。

「開けっつってんだろ」

舌打ちが聞こえたが、絡《から》み合った私の二本の足は先輩の指の進入すら許さなくなっていた。

私は毎日何度も何度も繰り返している、ステッキと私の清潔な絶頂のことを考えていた。

私をなだめたり、好きだといってみたり、服の上から胸をいじってみたりしていた先輩は、ついに堪忍《かんにん》袋の緒が切れたのか、壁を蹴《け》り、私の服を摑んでベッドから引き摺《ず》り下ろした。

「やらせねーなら、帰れよ、お前」

シーツから床に落ちてやっとほどけた両足で、私はよろよろと立ち上がった。先輩に尻を蹴られふらつきながら廊下へ出た。

「出てけよ。もう二度と顔だすな」

ドアから外に押し出され、鞄を投げつけられた。私は下半身だけボタンの外れたワンピース姿のまま、ぼんやりと外の通路で突っ立っていた。中からは鍵《かぎ》を閉める音と、壁を蹴る音が四、五回したあとは、何の物音もしなくなった。

転がっていた鞄を拾い上げ、エレベーターに乗ると、先に中に乗っていた住人らしいおばさんがぎょっとして私の格好を見た。私は自分が下着を置いてきてしまったことに気がついた。ボタンだけかろうじて閉めると、そのまま外へ歩きだした。

私には小さな柔らかい穴があいている。とりえのない私は、二分の一の確率でたまたま自分についていた、その穴の商品価値に、浅ましくすがりつくしかない。ずっとそう思っていた。でも、私は失敗してしまったのだ。穴の付属品としてすら、私は出来損ないだったのだ。

先輩の目を思い出した。不良品の私を忌々《いまいま》しそうに返品する目。いつの間に、どこが故障していたのだろうか。自慰をしすぎて、私はセックスをする肉体としては不良品になっていたのだろうか。歩くたび、下着をつけていない洋服の中を風が通り抜けていった。

私は近くの公園の公衆便所へ行き、便座を下ろしてそこへ腰掛けた。

ステッキの先を髪の毛の中にさしこんだ。さっき先輩がなでまわした頭蓋骨《ずがいこつ》が洗浄されていく。

服の中にひんやりとしたステッキがはいってきた。撫で回された背中を優しくさする。唾液が染《し》み込んだ皮膚は元通り乾いていく。違和感のかたまりだった先輩の指の感触が、ステッキの先の感触で、忘れられていく。無機質な感触が、私の身体を浄化していった。ぜんぶ遠い夢だった気がする。私の身体は銀色のステッキからあふれる魔法に侵食され、殺菌されていった。

私は激しく足を組んでそれを締め上げた。前後にゆすると、足の間に魔法の星屑が浮かんで、それは腿を締め上げるたびに増大していった。

体中を星屑が駆け抜けていって、どっと力がぬけた。ずっとにぎりしめていたステッキを、小さくたたんでポケットにいれた。

家へ戻った私は押入れをあけ、天井にびっしりはりつけられていた目玉へ指をのばし、それを乱雑に引き剝《は》がしていった。

剝がされた目玉がどんどん私にふりそそぎ、肌の上を跳ね返って床へ舞い落ちていく。目玉は私を最後まで見ないまま、天井を眺めたり、目をそらして床にへばりついたりしている。私はそれを全《すべ》てかきあつめてゴミ袋へいれた。

マンションのゴミ置き場へそれを放り込んだ。明日は丁度燃えるゴミの日で、生臭い袋がもうたくさん積まれていた。

明日の朝になれば目玉たちは燃える。

私は部屋へ戻り、開かれたままになっていた襖《ふすま》に手を触れた。この襖が銀色になることはもう二度とないのだった。

私は上半身を押入れに入れて寝そべり、何もなくなった天井を見上げた。

ステッキが机の上からこちらを見ていた。ステッキだけが、全てを、じっと見守ってくれていたのだった。

灰色の下着を着用し終えると、私は部屋にかかっている紺色の制服に手をのばした。赤い枠の子供っぽい全身鏡は、押入れの中の古いおもちゃと一緒に母に処分してもらった。私がいつももぐりこんでいた場所には、今では父の仕事の書類がぎっしりとつまっていた。

押入れが父の物置と化して、自分の入る隙間《すきま》がなくなったことに私は安堵《あんど》していた。鏡のなくなった和室は、以前より狭く感じられた。私は手鏡で見ることすらせずに髪の毛を無造作にひとつにまとめた。

自分の肉体を観察しなくなって、だいぶたっていた。制服の生地と骨ばった自分の身体の間に余分な空間があるのがわかる。今日から中学の三年生だというのに、私にはこのセーラー服が大きいままだった。

「行ってきます」

玄関でリビングに向けて小さく呟《つぶや》きドアを開けた。マンションの外へ出ても、ここが室外だという感覚が私にはない。

青い天井にこんなにしっかりと塞《ふさ》がれているのに、なぜここを「外」と呼ぶのか、私には理解できなかった。天井は少しずつ淡い水色になっていき、また少しずつ藍《あい》色へ変化する。その、事務的な点滅一回分。私にとって、一日というのはそれだけのできごとだった。

校門を入ると、地面を桜の花びらが埋め尽くしていた。私はいつか学校で見せられたビデオに出ていた、海底に沈むプランクトンの死骸《しがい》の山を思い出した。海の中をゆっくりと舞い上がっては沈んでいく白い破片の集合体の映像を思い浮かべながら、私はその上を歩き続けた。

下駄《げた》箱の前では、模造紙に書かれたクラス替えの表を見て、生徒達が大騒ぎをしていた。それはさらさらと砂が降り積もる音に似ている。私は自分の名前の横にある数字と出席番号を確認してすぐに校舎の中へ入った。

3—3という数字の書かれた教室に入ると、黒板にはチョークで座席表が書いてあった。一番後ろの窓際《ぎわ》から二列目が、私の座席だった。

私は雑音の中でずっと俯《うつむ》いていた。私にとっては学校は大きな砂時計で、生徒のざわめきは落ちてくる透明な砂の音に思えた。

天井は今、何色だろうか。早く藍色になればいい。

「おお、皆、おはよう！」

突然、教室の前のドアが乱暴に開かれ、野太いわりに妙な甲高さのある、耳障《みみざわ》りな音声を発しながら、三十代後半の筋肉質な男が入ってきた。教室は静かになり、皆はそれぞれ、自分の座席についた。

男の表面にはなぜかすでに液体が沢山染み出していて、彼は額を腕でぬぐいながら手に持った出席簿を開いた。

「俺は今日から君たちの担任になる、赤津良彦だ。いいかあ、これから一年、俺は手加減せずにお前らにぶつかる。文句があるならお前らも俺に言い返してこいよ」

テレビドラマの受け売りのようなことを恥ずかしげもなく大声で言い切るので、生徒達はにやけた顔を見合わせ、肘をつつきあった。

「なんだあ、文句があるならちゃんと言え。俺は、骨がない奴《やつ》は大嫌いだ。ただ、俺をあんまりなめるなよ。お前らに簡単に言いくるめられたりはしないからな、覚悟しておけ」

母とは逆に、ぐっしょりと濡《ぬ》れた皮膚をぐるりと裏返したら、乾燥してひび割れているのだろう。そんなことをぼんやり考えながら時計を見て、まだ学校が始まって十五分しかたっていないことを確認すると、俯いて机に刻まれた傷を一個ずつ眺めて時間をつぶしはじめた。

家へ帰ると母がシチューをつくっていた。

「すぐに着替えていらっしゃい」

そういわれ、制服を脱いでハンガーにかけた。紺色の筒が糸でくっつきあっているその制服は、洋服だという感じがしない。椅子《いす》とこすれあうスカートのお尻の部分が、爬虫類《はちゅうるい》の皮膚みたいに光っている。

私は食卓についた。中学にあがったころから父はますます残業が多くなり、食卓につくのは母と私だけになっていた。

雪が降り積もっているようだった白いテーブルは、このマンションと同じように、くすんで僅《わず》かに黄ばみ始めていた。母はそこに、昔と同じように白い皿を並べていった。

ホワイトシチューと、ベーコンとほうれん草のソテーと、虫の卵を大量に茹《ゆ》でたような白米、水彩絵の具を塗りつけたサランラップのような大量のレタス、古い機械油みたいなドレッシング。私はそれらを機械的に口に運んでいった。

私の舌は味を感じることがない。全ての食べ物を、一口大にしては口に運び、噛《か》まずに飲み込んだ。テーブルの上のものを飲み込み終えると、私は義務を終えて席を立った。

「ごちそうさま」

部屋へ戻り、引き戸を閉めるとすぐに、引き出しから色鉛筆のケースを取り出した。中の色鉛筆は既に全て捨ててしまっていて、ティッシュペーパーが丁寧に敷かれた上に、ステッキが横たわっていた。

私はそれを指で撫《な》でながらゆっくり取り出し、机の上に置くと、今度は足元の大きな引き出しの奥に隠していたビニール袋を取り出した。

中には古い空き缶が入っていた。飲み終えた缶ジュースの口を、缶きりで開けたものだ。私はそれを部屋の中央に置いた。

空き缶の中には紙粘土が詰まっていて、真ん中には穴が開いていた。その穴の中にステッキを差し込むと、部屋の中央に立たせることができるのだった。

これを作ったのは先輩と会わなくなってすぐのことだった。父の荷物を入れるために目玉のなくなった押入れの中を整理していたとき、玩具《おもちゃ》箱から紙粘土でできた鉛筆立てが出てきた。それは小学校の低学年のころ学校でつくった工作だった。家から持ち寄ってきた空き缶や空き瓶のまわりに紙粘土をつけて、ビーズや貝殻をかざるというものだった。私は不器用でなかなかうまく紙粘土をつけることができず、未完成のままこっそり家に持ち帰った。それを見つけた母は、「有里ちゃんは、一人じゃできないものね。お母さんがやってあげるから、いいのよ」と言って途中からつくってくれた。私のつくった部分はいびつで、母が貝殻をつけた部分は奇妙になめらかで、私はそれを提出できずに隠したままにしていたのだ。

古い玩具たちと一緒にそれを捨てながら、同じ材料で、ステッキを直立させられる台が作れるのではないかと思いついたのだった。

初めて部屋の中央にすっとステッキが立ったとき、私はとてもうれしかった。これで、両腕でステッキに抱きつくことができるようになったからだ。

尻《しり》を床につけて座り、腿《もも》と腿の間に缶を置き、私はその細いステッキに頰をすり寄せて両手で抱きついた。一メートルより少し短いくらいのステッキは、そうして抱きつくのに丁度いい高さだった。

ステッキの先端の、丸いキャップのような部分を見上げる。それはステッキの顔だった。

目と鼻と口のない顔は、不思議と私を安心させた。私はしばらく頰を擦《こす》り付けたり、手を組みなおしたりしながら、ステッキに抱きつき続けた。

ステッキは手も足もない、細長い体で、私を受け止めていた。体重をかけては転倒してしまうので、実際にステッキを受け止めているのはむしろ私のほうだったが、ステッキの凜《りん》とした背筋は、いくら強く腕をからめても、歪《ゆが》むことはないように思えた。ステッキの顔からは、無音が降ってくる。それは部屋に満ちている音を少しずつ消去していく。

安心しきった私は、ステッキに抱きついたまま、足をからめていた。子供がむずかるような仕草で、首を左右に振りながら頬をステッキに強く押し付け、膝《ひざ》を上下に揺らし始める。

私はステッキからずりおちて、床に寝そべっていた。薄く目をあけて、からめた足を強くしぼる。そうすると、ステッキが内臓を撫でてくれているような気持ちになれた。

中学三年生になっても結局未熟なままの自分の身体《からだ》が、ステッキとよく似ているような気がして、それはステッキがそばにずっといたからだというように思うと今では愛《いと》しくさえあって、私は深呼吸をしながら、さらに強く足を締め上げた。

左手はステッキを摑《つか》んだままだった。ステッキは、私がゆっくりと揺れているのをじっと見下ろしている。目を閉じた瞬間、身体の中のスイッチが静かに押されて、身体から力が抜けた。

私は硯《すずり》で墨を磨るような静かで清潔な行為を、ステッキが見守っているなかで終えたことを、嬉《うれ》しく思った。自分の自慰は、たとえば蜻蛉《とんぼ》の交尾、飼い主の膝に向けて腰を振る子犬などと同類の他愛《たわい》ないものだと感じることができた。結局ほとんど膨らまないままの身体も、今では当然だと思えた。私の未熟な膣《ちつ》は清潔な快感をおしゃぶりのようにくわえ、ずっとそれを熱心に吸い続けているだけなのだ。

私は立ち上がり、ステッキを缶から抜き取った。色鉛筆のケースの中に、新しいティッシュペーパーを敷き、その真ん中にステッキを横たわらせる。その上から、もう一枚ティッシュペーパーをかけようとして、不意に、私はステッキに顔を寄せた。毛布の端を噛《か》む子供のように、ステッキの身体に歯をたてた。歯から伝わる金属の感触を味わうと、私は色鉛筆のケースを閉じた。それとともに、私の五感も閉鎖された。私にはもう、一日という概念は記号でしかなくなっていた。

（空のスクリーンがもう一度明るくなって、暗くなる。その点滅がおわったら、また帰ってこられる）

明日学校が終わり、この儀式を行うまで、私はステッキの透明な手に洗浄された内臓を撫でながら、俯き続けるだけなのだ。

当然のことながら赤津に悩みを打ち明ける生徒などおらず、彼は自身の作り上げたキャラクターをもてあましている様子だった。

赤津は私がいつも一人で教室を移動していることに気づいたらしく、突然、やたらに話しかけてくるようになった。

「土屋、何か悩みがあるんじゃないか？　先生に相談してみろ、いくらでも聞いてやるから」

私はぼんやりしていて赤津の言っていることを認識するのに時間がかかった。

「土屋？」

「ああ、あの……大丈夫です」

私は俯いたままか細い声で答えた。何度そのやりとりをしても、赤津はあきらめなかった。応答が億劫《おっくう》になってきた私はなるべく話しかける隙を与えないように彼の前を常に急ぎ足で通り過ぎ、放課後もすぐに教室を出るようにしていた。

日直の日になった。のろのろと窓を閉めたり黒板を掃除したりしているうちに、いつの間にかもう片方の男子は帰ってしまっていた。私は座って日誌を書きながら、赤津がいない隙を狙《ねら》ってこっそり机の上に置いてこよう、と考えていた。

職員室を覗《のぞ》くと、赤津は自分の席で小テストの採点をしていた。仕方がないので、日誌をもったまま校舎の中を一周した。

職員室を再び見ると、赤津はまだ座っていた。私は「失礼します。日誌です」と言い、彼に渡して立ち去ろうとした。

「おお、待て、土屋。ちょっと先生と話そう」

「はあ……でも、もう遅いので……」

「いいから、すわれ！」

突然の大声に、職員室にいたほかの先生が何事かとこちらを見た。私は大人しく赤津の指差したパイプ椅子に腰掛けた。

「土屋、お前、学校は楽しいか」

「はい」

「本当か？　嘘《うそ》だろ？」

赤津は腕を組んで椅子に寄りかかった。私は赤津の濡れた肌を見たが、すぐに顔を伏せ、ぼんやりとステッキのことを考えていた。

「俺は、土屋がいつも一人でいるのを見てるんだぞ」

赤津の声は急に優しくなった。私は俯いたままだった。母が週に一度洗うようにしているせいで、私の上履きはいつも綺麗《きれい》だ。マジックで書かれた「土屋」という名前はぼやけてしまっている。

「なあ、お前、皆から無視されてるんだろ。言ってみろ、次の学級会で俺がとりあげてやるから」

「いえ、されてません……」

私は上履きと見つめあったまま、首を左右に振った。

「私、人見知りなだけなんです。大勢で行動したり騒ぐのが苦手なだけです。それだけです」

「そうか」

赤津の返答に、一瞬、納得してくれたのかと思ったが、赤津の話はまだ終わらなかった。

「お前、人見知りなんて言葉に甘えていたら、ろくな大人にならないぞ。自分の殻にとじこもってちゃだめだ、外に出ないと！　それじゃあいつまでたってもクラスに溶け込めないぞ」

「はあ……」

唐突に赤津が膝を打った。

「そうだ、得意なことを皆の前で発表していく練習をしてこう。最初は緊張してもすぐに慣れるからな、度胸がついて、友達と普通に話すのなんか全然怖くなくなるぞ、そうだ、そうしよう」

赤津が息継ぎをするたび、彼の喉《のど》はひゅっ、ひゅっ、と音をたてる。赤津の唾液《だえき》が飛び散り床へ落ちていった。泡立った唾液が私の上履きにも小さな染《し》みをつくる。雨が降りはじめているみたいだと思いながら、それを見つめていた。

「土屋、何か特技はないのか？」

「はあ……ないです」

「じゃあ好きなことは？」

「よく、わかりません」

「好きなことがない奴なんていないわけないだろう。いつも何をしているんだ？」

「考え事です」

「何を考えているんだ？」

「いえ……真面目《まじめ》なことではなく、ただ考えてるんです」

赤津の足が乱暴に投げ出され、床から振動が伝わってきた。椅子を軋《きし》ませながら、赤津がどこか嬉しげに私を凝視しているのがわかる。

「土屋はちょっと度胸をつけたほうがいいな。俺がたたきこんでやる、な」

空はそろそろ藍《あい》色になる。夜がくればステッキに抱きつくことができる。私は上履きを眺めながら、それだけを考えていた。赤津の声は少しずつ、砂が落ちてくる音に溶けていき、意味をなくして遠ざかっていった。


翌日の帰りの会が終わる直前、赤津が突然、教卓から身をのりだし、大声で皆に呼びかけた。

「いいか、みんな、あと五分だけ力を貸してほしい」

皆は何のことやらと顔を見合わせた。

「皆も知っているように、土屋は内気な性格で、まだクラスに馴染《なじ》めずにいる。そこでだ」

赤津はそこで言葉を切った。

「土屋がもっとクラスに溶け込めるよう、先生なりにいろいろ考えた。協力してくれる人は拍手してくれ」

まばらな拍手があった。

「そうか、皆、クラスの仲間のために協力してくれるか、ありがとう！　ほら土屋、前にでろ」

私は教卓の前に立たされた。赤津は引き出しからデジタルの目覚まし時計を取り出し、教卓の上に置いた。

「今から五分間、みんなの前で、土屋にスピーチしてもらう」

まじかよ、かわいそー、などの声がし、教室は笑い声でざわめいた。

私は教卓の前でぼんやり立っていた。赤津が目覚ましをいじりながら言った。

「さあ、今から五分だ、よーい、はじめ！」

赤津が手を叩いた。教室の中は静まり返った。

私は自分の上履きの爪先《つまさき》の藍色だけを見つめていた。外も、そろそろこれと同じ色になっている筈《はず》だ。そう思うと、ステッキとの静かな儀式が、自然と思い浮かんだ。私は微笑《ほほえ》んでいたのかもしれない。「気持ち悪」という女の子の低い声が、耳をかすめた。

赤津は私の周りをぐるぐると歩いて廻り、両手でジェスチャーをしながら、私のことを励まし続けているようだった。赤津の両腕はすばやく動き回り、目の端に残像がうつった。

「ほら、ほら、そんなことではいつまでたっても今のままだぞ。そんなんじゃあ社会にでてもだれも相手にしてくれないぞ、土屋」

教卓の上の目覚まし時計が鳴り響いた。私は一瞬、それも人の声帯からくる雑音と混同しそうになった。私はそれほど上の空だった。

赤津が汗をたくさんかきながら私の顔をのぞきこんだ。

「今日はここまで。できるようになるまで、俺は毎日やるぞ。覚悟するんだぞ、土屋」

赤津の言葉が、学校にさらさらと降り積もる。赤津の喉から流れ出る音にそれ以上の意味はなく、私の内臓をどこも引っかくことはできない。

家では銀色のステッキが私を待っている。私が俯《うつむ》いた顔を上げることはない。

『土屋の五分間即席スピーチ』はそれから毎日、帰りの会の最後にもうけられた。最初は珍しがって笑っていたクラスメート達も、「今日もかよ」「早く帰らせろよ。いい加減にしろよ」と不満を囁《ささや》くようになっていた。

私は相変わらず、その時間がきても黙って立っているだけだった。赤津の説教も、クラスメートの不快を露《あらわ》にする声も、私には届かなかった。学校には透明の砂が天井までしきつめられ、それに埋もれた私たちの間に、言語は行き交わない。ただ、砂の中で、全《すべ》ての穴を塞《ふさ》がれているだけなのだ。

その日は、父が出張で早くにでかけた後、母は朝から家中の掃除をしていた。父が出張のとき、母はいつも家中を整頓《せいとん》し、磨き上げる。父に留守のあいだもきちんと主婦業をしていることを見てほしいのだと思う。気付いてくれといわんばかりに、トイレの便座は磨きたてられ、風呂場《ふろば》の水垢《あか》はすべて取り除かれ、私の部屋も、隅々まで掃除され、引き出しの中まで整頓されてしまうのだった。

私は、いつも父が出張のときにするように、引き出しからステッキをとりだした。小学校のころ、一回引き出しの中を整頓されてからは、父が出張のときにはステッキを学校へ持っていくことにしていた。

私はティッシュペーパーでステッキを丁寧にくるみ、「少しだけ我慢してね」と声をかけて、セロハンテープでそれをとめ、ポケットにいれた。ミイラのようになったステッキがポケットの中を転がった。その重みを感じると、空の点滅がいつもより早く終わるような気がした。

「よし土屋、前に出ろ」

そういわれると、クラスはうんざりとした溜息《ためいき》につつまれた。もう鞄《かばん》を机の上に置いて、帰ろうとしている男の子もいる。

私はいつも通り、言われるままにぼんやり教壇の前に立った。手をポケットに入れると、ティッシュペーパーに包まれたステッキの感触があった。

「土屋、今日こそスピーチしてみるんだ。もう大丈夫だろう。何でもいいんだぞ、ほら」

赤津のまわりを芝居じみた言葉たちがぱらぱらと転げていく。私は上履きを見ながら、空の点滅のことを考えている。あの点滅が一瞬で終わればいいのにと思う。

「だんまりしていたらいつか俺があきらめると思ってるのか。俺はとことんつきあうからな、土屋、わかったか」

子供っぽい意地をむき出しにしてしまったことに気付いたのか、自分の言葉をさえぎるように更に大きな声で言った。

「土屋、俺はお前が憎くてやってるんじゃないんだぞ。俺はお前のためを思って言ってるんだからな。前にもお前みたいな奴《やつ》がいて、そいつは今ではすごく俺に感謝してるんだ。大丈夫、お前もそうなれるからな」

そう言って、肩をたたいてきた。私は不意に伝わってきた衝撃によろけて、足がもつれた。バランスを崩した私は、とっさに床に手をついた。その拍子に、ステッキがポケットから転がり出た。

私は慌《あわ》てて手をのばした。しかし、赤津の黒い大きな手が伸びてきて、私の両手を摑《つか》んだ。

「何、一人でよろけているんだ。俺はそんなに強く押していないぞ。ほら、立ち上がれ、土屋」

赤津は私の両腕を摑んで上に引きあげた。私は必死に目でステッキを追っていた。

「なんだ？　……これはお前のか？」

赤津は私の目線に気付き、床に転がっていた白い棒を拾い上げた。

「何だこれは？」

赤津はすぐにステッキを包んでいたティッシュペーパーをはがし始めた。

「何、あれ」

「汚ねえな。ゴミじゃねえの」

ステッキを包んでいた白いティッシュペーパーが取り除かれていく。私は自分の服がそうされているような気がして、制服の胸元をつかんだ。服をはがされ、皮膚もはがされ、肉もとりのぞかれ、私の一番奥底でひたかくしにしてきた聖域が、丸出しにされていく。

「はは、これはいい」

赤津はステッキの先を摑んで、中の細い棒を引きずり出した。

「スピーチで使うのか？ やっとやる気になってくれたんだな、ほら、持て、土屋。黒板もチョークも好きにつかっていいぞ」

私は急に、皆が生き物だということを思い出してしまった。後ずさったが、すぐ後ろは黒板で、それ以上は下がれなかった。

「何でそんなもん、もってんだ？」

「さあ」

急に、教室を満たしているのは透明な砂の音ではなくなり、一人一人の言葉が意味を持って私の中に入ってくるようになった。私は内臓を言語で引っ搔《か》き回され始めた。

「早くしろ、土屋、ほら。いいか、俺は土屋のためを思ってやってやってるんだぞ。土屋がこのままでは、まともな社会生活を送れないから言ってるんだ。社会に出たら誰もこんな風に叱《しか》ってくれないんだぞ。出来損ないは放っておかれるだけだ。誰もお前の相手なんかしてくれないんだぞ」

私は耳をふさごうとしたが、両手が動かなかった。

「お前は何が楽しくて生きているんだ？　いっつも俯いてぼんやりしてるだけで、誰にも心を開こうとしないじゃないか。家では一体何をしてるんだ。それくらい、言えるだろう」

自慰をしてます。ずっと、幼稚園のころから、そのステッキを相手に自慰をしています。私に、そう言えというのだろうか。私は赤津の指紋がぎっしりつけられていくステッキをじっと眺めていた。

「よし、俺が土屋さんのかわりにスピーチしてやるよ」

クラスのひょうきんな男の子がステッキを赤津から受け取り、振り回してみせた。

「いいかあ、俺はお前のためにやってるんだぞう」

と、黒板を指しながら赤津の物まねをはじめた。みんなの笑い声が私をゆさぶった。その場に崩れ落ちたいのに、身体《からだ》を動かすことができず直立していた。

アラームが鳴った。みんなが一斉に帰りだす。男の子もステッキを放り投げ、自分の席から鞄をとって廊下へと出て行った。ステッキが転がっていく。私はステッキを見ることができずに、鞄を持って、すぐに走り出した。

学校の外は人の気配と夕暮れの匂《にお》いで充満していた。木々がこすれあって、その音が身体にからみついてくる。子供達の笑い声や季節の匂いが耳から、喉《のど》から、目玉から、私の中に入り込んできて内臓をかき回した。

（いやだ。いやだ）

私は家へ駆け込み、部屋へ逃げ込んだ。ふすまをきっちり閉めても、外からは木がざわめく音がやまなかった。

（入ってくる。外の世界が私に入ってくる。塞《ふさ》がなくては。塞がなくては）

私は押入れを開け、小学校のころ使っていた縄跳びの縄を取り出した。首にそれを巻き、両手で端を強く引っ張った。

息が苦しくなってくると、だんだんと内臓の痛みがやわらいでいくような気がした。

（……塞がなくては。完全に塞がなくては……）

紐《ひも》を天井にぶら下げて、完全に自分を密封してしまわなくてはと思った。私は、黄色い跳び縄で首を封鎖しかけたまま立ち上がった。

（そうだ、自分でやったということを書かなくては）

私は机の上の棚に入っていた適当なノートを取り出し、そこに、「自分でやりました」とだけ書こうとした。

『殺』

突然、シャープペンシルが意思に反して書き込んだ言葉に、私は目を見開いた。わけがわからないうちに、シャープペンシルはノートにくっきりと溝をつくりながら、乱暴にその字を繰り返し書き続けた。

『殺 殺 殺 殺 殺 殺』

気がつくと私はノートにかじりついて繰り返しその字を書き込んでいた。いつのまにか、跳び縄は首から落ちて畳の上に転がっていた。

『殺 殺 殺 殺 殺 殺 殺 殺 殺 殺』

ノートがびっしりとその字でうまると、私はようやく息をついて手を止めた。シャープペンシルを強く握り締めすぎていた右手が、じんわり痛んだ。

私は床に落ちていた縄を拾い上げ、それをハサミで短く切っていった。首の周りを一周りできない長さに切り終えるとようやく落ち着いた。だが、今度はハサミの刃で無意識に手の甲を引っかいていることに気がついた。急いで部屋にあった紙袋に、縄の破片と、部屋中のハサミとカッターを入れた。少し考えて、ベルト、使っていない延長コード、細いマフラーなど思いつく限りの長いものも、一緒に放り込んだ。

私がそれを持って外へ出ようとすると、リビングのドアをあけて母が声をかけてきた。

「あら有里ちゃん、どうしたの」

「……少し、コンビニ……」

「あらそう。気をつけてね。有里ちゃん、まだ制服なの？　皺《しわ》にならないようにね。帰ったらすぐ着替えるのよ」

「はい」

私は紙袋を持って外へ出た。一番近いコンビニエンスストアへ行き、ごみ箱にそれを押し込んだ。

空を見上げると今までどおり藍色《あい》だった。けれど私はそれをもう、ただの天井だと思うことができなくなっていた。

その夜、私は眠れずに布団《ふとん》の中で暗闇《くらやみ》を見つめ続けていた。いつのまにか、明け方の四時になっていた。私は起き上がって、ノートを開いた。

ノートをぎっしりと『殺』の字が埋め尽くしている。私はすがるように、ノートの上に両手を這《は》わせた。『殺』の字がこすれて、私の指先を黒い粉が染めていった。

私は黒ずんだ指で次のページを開いた。引き出しからボールペンを取り出し、丁寧な字で書き込んだ。

『5月31日

赤津を殺してしまいたい。』

しばらく私はその文字を眺めていた。

それは、夢の世界でぼんやり生きていた私には、とても生々しい、鮮やかな刺激物だった。私は指先でその文字に触れた。

刺激に疼《うず》いているあいだ、私は痛みを感じない。刺激は麻酔なのだと、そのとき理解した。

自分の筆跡で描かれた殺意を眺め続け、ふと顔をあげて窓の外を見るともう明るくなっていた。

「有里ちゃん、朝ごはんよ」

母の声に、ノートを閉じてリビングへ出た。私は母からバターの塗られたパンを受け取った。

一睡もしていないのに、少しも眠くなかった。私はパンを噛《か》まずに水で流し込んだ。

翌日も、帰りの会がくると私は前に立たされた。昨日床に転がっていたままだったはずのステッキは、どこにもなく、私はほっとしていた。

しかし、同級生の声が意味をもって私の中に入ってくるのは止められなかった。私はまた、自分を塞いでしまいたい衝動にかられた。

部屋に戻り昨日のノートを開いた。

『6月1日
赤津を殺したい。あの腹に、ナイフが刺せればいいのに。』

指先から、禁忌を犯しているという感覚が、強い刺激になって身体全体に染《し》み渡っていく。そうしていると、また衝動はおさまっていった。父が出張から帰ってきたのか、乱暴に家の扉が開閉される音がした。母が玄関で父を迎えている声が聞こえてくる。私は引き出しをあけ、空っぽになってしまった色鉛筆のケースをごみ箱に捨てた。引き出しの中は空白になった。ステッキのいなくなった引き出しに、そのノートを丁寧にしまった。

それからも、帰りの会の際に、たびたび衝動が私を襲った。私はすぐに家に帰り、ノートを開くようになった。

『6月2日

赤津を殺す。ナイフで前からいっぱい刺したい。』
『6月3日
私は赤津を、人気《ひとけ》のないところで、いっぱい刺す。そうしたら、どんなに、気持ちがいいだろう。』
『6月4日
大きなナイフを買って、赤津を何度も刺してやりたい。前からも後ろからもいっぱい刺す。もう二度と生き返ってこなければいい。』
ノートの文章は、毎日、少しずつ長くなっていった。私は書き終えると、衝動が落ち着くまで、ノートの文字をゆっくりと指でたどった。ノートは衝動をくいとめるための頓服《とんぷく》だった。麻薬にも近かったかもしれない。どんどん強いものを投与しないと効き目がなくなってくるのだ。私はそのことに薄々気付きながらも、やめることができなくなっていた。
私は、歴史の授業をしている赤津の姿をぼんやり眺めていた。赤津の背は高く、肩幅も広い。卓球部の顧問だから運動を毎日しているはずだ。突然襲ったとして、私の力で勝てるだろうか？　もちろんあのノートに書いたことは計画ではなくて空想だ。

自分を塞いでしまいたいという危険な衝動の発散の手段であって、本当にしようというわけではないけれど、ある程度現実性が伴わないと、消化されないだろう。

その夜、いつもと同じように冴《さ》えきった頭で天井を見つめながら、自分よりずっと体格のいい相手をどうすれば安全に退治できるか考えていた。朝の五時半を過ぎたころ、私はやっと起き上がって、丁寧に一行を綴《つづ》った。

『6月10日
バットで後ろから殴って、意識をなくさせてからだったら、きっと大丈夫。』

私はやっと頭の中がぼやけていくのを感じ、再び布団にもぐりこみ、浅い眠りについた。

連日の寝不足のせいか足元がふらつくようになっていた。赤津について何か情報を耳にしたり見かけたりすると、ぼんやりしているのにその内容だけは変によく覚えていて、夜になると頭にくっきり浮かび上がった。

『6月21日
赤津は車で出勤してるそうだ。だから、駐車場で、朝に待ち伏せる。ドアを閉めているところを、金属バットで殴りつけて、それから、ナイフで刺せばいい。』

『6月30日
赤津が出勤するのを見た。8時3分。毎日そうだとしたら、駐車場の横の、家庭科室の前の垣根にしゃがんで待てばちょうどいい。車から降りて校舎に向かうところを、駆け寄って、バットで殴りつける。倒れたら、完全に死ぬように前からナイフで刺す。』

計画は、僅《わず》かずつ具体的になってきているようだった。殺す手順が具体的になればなるほど効果は高まり、自分を塞ぎたい衝動は蒸発していった。

夏休みが終わり二学期になっても、赤津の特訓は続いた。私のノートも毎日文字が書きこまれ、少しずつ埋めつくされていった。

ノートを後で読み返して不思議なのは、妄想の中で、赤津を殺しても殺しても生き返ってくるような不安にかられているらしいことだった。

鈍器で背後から頭を殴り、ナイフで刺し、倒れた体をさらにひらき、直接心臓にナイフをつきたてる。ここまで書かないと、まだ赤津が生き返ってくる気がして不安なのだった。

薬は、どんどん強くしないと効き目がなくなってきていた。私はノートを見返すのが怖くなっていた。

冬が来ていた。もうすぐ卒業だ。私はなんとしても、ノートの中に衝動を閉じ込めたまま、赤津の元を離れたかった。

三学期も終わりに近づき、卒業式の練習がはじまったころ、私はついに、いくら詳しくノートを書いても眠ることができなくなった。

ほとんど眠れない日が一週間続いた朝、ノートをかかえて早く家をでて、家庭科室の前でかがみこんだ。

赤津の車が止まり、足音が聞こえてきた。私は顔をだしてその後姿を見た。頭と背中を繋《つな》ぐ首は意外と細く、後ろから強く殴れば、本当に、簡単に、崩れ落ちてしまいそうだった。

気がつくと、ノートを抱えていた右手が硬いもの、大きいものを探して、土だらけになりながら地面を這《は》いずり回っていた。私はその手に、左手で持っていたシャープペンシルを握らせた。右手はしばらく力任せに「殺」「死」とノートに書きなぐっていた。強い筆圧のせいで文字が濡《ぬ》れて光っているように見える。

駐車場をみると、もう赤津はいなくなっていた。私は息をつき、ノートを慎重に閉じた。熱を持って濡れた文字が、まだノートの中で動き回っている気がした。

その夜もなかなか眠れなかった。ノートの通りにすれば赤津が本当に殺せるのだということが、私にしがみついて離れなかった。

私は起き上がり、ノートを開いて自分の書いた文字を読み返した。

『3月11日

赤津、駐車場に7時59分到着。駐車場にはほとんど人はいない。赤津の車は、やはり奥から三番目の駐車スペースが定位置。

赤津は両手に大きな鞄《かばん》を持っているから、おそらくすぐには対応できない。校庭からは、運動部の朝練の声がするけれど、道路は思ったより車が通っていてうるさいから、悲鳴は聞こえないだろう。

だから計画通りにやれば、私は赤津を殺すことができる今日、判明した。』

(明後日《あさって》は卒業式だ。明後日まで、明後日まで、耐えればいいだけなのに)

私は深呼吸を繰り返しながら、ずっとノートに並ぶ文字を見つめていた。

卒業式の日、私はぼんやりと赤津を眺めていた。なんとか、朝は赤津を待ち伏せずに学校へ来ることができた。私はずっと時計を見ていた。あと一時間半。卒業証書をもらって、ホームルームが終われば、帰れる。だから殺してはだめだ。

ホームルームでは赤津からの長い話があった。このあと最後の特訓をさせられたら、明日の朝私は赤津を殺してしまうかもしれない。けれど幸いなことに、赤津は卒業後に始まる高校生活の厳しさや皆との思い出について演説することに集中していて、特訓はないままに終わった。

長い話が終わると赤津は一人一人に握手してまわった。最後なので、生徒達も、文句を言わずに赤津につきあっていた。

赤津は、「これからもがんばるんだぞ！」と泣きながら私を抱擁してきた。私は卒業だという高揚で少し微熱っぽかったのか、固い胸の筋肉の感触より、首や頬にあたる赤津のひんやりと湿った手のひらだけが印象に残った。彼に悪意のないことはわかっていたし、だからこそたちが悪かったのだが、とにかく、私は死なずにも殺さずにも済んだことにほっとしていた。

私は校舎を振り返った。灰色の街と一体化した、灰色の校舎だ。もう二度とここに来ることはない。そう思うと、ずっとこわばっていた身体《からだ》からやっと力が抜けていくように思えた。

私の入った高校は、お嬢様高校として名前は通っていたものの、偏差値はとても低かった。学校は家から遠く、私の中学から進学したのは私一人だった。

他にもいくつか母のすすめるままに似たような女子高を受けたが、合格したのはそこだけだった。

「おめでとう、有里ちゃん」

発表の日、母はそう言って私を祝ったが、他は全《すべ》て落ちたという印象の方が強く、なにもめでたくはないような気がした。

学校の成績が悪かったので、不合格の通知を受け取っても少しもショックではなく、当然だという気がした。最後にその女子高の合格通知が届いたときの方が違和感があるくらいだった。

高校には中等部があり、そこから持ち上がってきた生徒達でもうグループができていて、高校から入学した生徒は皆、居心地が悪そうにしていた。私一人が端っこで押し黙っていても、誰も気にしないので気が楽だった。

学校では禁止されていたが、クラスには、アルバイトをしている子たちが多くいた。自力で稼ぐことなどきっと一生自分にはできないだろうと思っていたので彼女達の会話が不思議だった。

「私、高校でたら彼氏と同棲《どうせい》すんの。今からためてるんだ」

まじかよ、あんたたちそれまでもつわけ、などと言われているクラスメートを見ながら、私は働くどころか無事に進学していくことすら危ういのだと思っていた。

中間試験を終えた後、英語の小テストへ向けて、一週間ほど勉強をしてみた。それは正規のテストではなかったが、点数が悪いものは課題を出されてしまうので、珍しく熱心に準備してみることにしたのだ。区立図書館に行くのは子供の頃第二次性徴について調べていたとき以来で、奥に勉強ができる机が用意されていることも初めて知った。教科書を開きながら、どうせ、頑張っても無駄だろうな、と心の中では思っていた。

小テストを返してくるとき、英語の先生がいきなり私に笑いかけたので、私は怖気《おじけ》づいて机に逃げ帰りそうになった。

「頑張ったわね、土屋さん。やればできるじゃない」

私はこわごわ答案を受け取った。そして目を見開いて赤い字で書かれた点数を眺めた。小学校のごくはじめの、誰でも百点を取れるような時期を除いて、自分の答案に、バツよりマルが多いのを見るのは初めてだった。

帰り道の電車で、私はテストを鞄から取り出しては、赤い丸を指でなぞった。教師に褒められたことなどなかったので、なんどもなんども、脳の中でその言葉を嘗《な》め回した。ひょっとしたら、自分は、今まで努力していなかっただけで、本当はやればできるのではないか、そんなことが胸をよぎり、私は興奮していた。

自分はどこにも就職口などなく、ずっと家に居続けるのだろうと思っていたが、それは気のせいで、ひょっとしたらきちんとお金を稼いで、普通に生きていくということができるのかもしれない。駅から家へ帰る間も、そんなことばかりを考えていた。

私はコンビニエンスストアの前に貼《は》られた一枚の張り紙の前で足を止めた。それはアルバイトの募集の広告だった。ファミリーレストランやファストフード店とは違って、夕方の時間のコンビニエンスストアは時間の流れがゆっくりなように感じられた。

どんなふうにレジを打っているのかと、店に入ってこっそりレジに近づいてみた。私と同い年くらいの男の子が何か赤い光がでているものを近づけて、簡単そうにバーコードを読み取っている。片手で手馴《てな》れた様子で操作する姿を見ていると、私でもできそうな気がした。

手元をじっと眺めているうちにいつのまにかすぐそばに近づいていてしまっていて、

「いらっしゃいませ」

と手を差し出された。何も買うものを持っていない私は、顔を伏せて後ずさりした。

不思議そうに私の様子を見た店員は、俯《うつむ》いて立ちすくんでいる私に、

「あれ、ひょっとして面接の？」

といってきた。もう一人の人が店員に言う。

「あ、今日の六時からって言ってたねえ」

「……は、はい」

顔を見られて、私は反射的に頷《うなず》いてしまった。

「あ、やっぱり。ちょっとまってくださいね」

店員は後ろの方にある鏡のついたドアへ走っていってしまった。ドアを半開きにし、中に向かって大声で呼びかけている。

「副店長、面接の方が来ましたよお」

髪を一つに束ねた中年の女性が中から顔を覗《のぞ》かせ、店員の男の子を睨《にら》みつけた。

「静かに！　面接なら今やってるよ、何言ってんの？」

「あれえ？　だって……」

店員が首をかしげてこちらを振り返った。二人の視線をあびて、私は慌《あわ》ててそばへ

駆け寄った。

「あの、ごめんなさい」

頭を下げた私を、女性は不思議そうに見下ろした。

「え、何?」

「いや、バイト面接の人ですかって言ったら、ハイって言うんで……」

「ええ? 何それ」

女性は首をかしげた。

「すいません、こちらで連絡受けてたでしょうか。お店を間違えてない?」

「はい、あの、表にポスターが……」

しどろもどろにそう答えると、やっと合点がいったというように、女性の表情が柔らかくなった。

「ああ、これから面接希望って意味なわけね」

私の制服を一瞥《いちべつ》し、子供に言い聞かせるように説明してくれた。

「高校生? バイトは初めてですか? 突然来ても、いきなり面接はできないんですよ。ポスターに電話番号あったでしょ。そこにかけるように書いてあると思うんだけど」

「あ、あの、ごめんなさい」

「いいですよ、初めてで、よくわかんなかったんだよね。うちでバイト希望するんだったら、面接しますよ。そうだなあ」

ドアを大きくあけて中のカレンダーを引っ張りながら、女性がこちらを振り向く。

「今週の木曜日はどうですか？　このくらいの時間に来れる？」

「は、はい」

「じゃあ、履歴書を持って、木曜の六時にお店に来てください。一応、ここに名前と番号書いて」

渡されたメモ帳に、震える字で名前と携帯電話の番号を書いた。

「はい、ちゃんと履歴書には写真を貼ってね、じゃ、中で待たせてるんで。木曜にお願いします」

女性は奥へ引っ込んでいった。私はしばらくドアをぼうっと見つめていたが、横にいる店員の視線に気付いて、「し、失礼します」と頭を下げ、そのままコンビニエンスストアから駆け出した。

木曜日の夕方、私は言われたとおり履歴書を持ってその店へ行った。同じ店員が働

いていて、

「あ、こないだのね。どうぞ」

とすぐに事務所に通してくれた。中にはこの前の女性が座っていた。

「はいこんにちは、履歴書もってきた？」

「あ、あの、これ」

私は鞄を慌てて開け、中から履歴書を取り出した。

「うわあ、びっしり書いてあるね」

「ご、ごめんなさい」

「何で謝るわけ、やる気あるねって意味だよ。希望の時間は夕方でいいんだよね？高校生だもんね」

「はい」

「週何回くらいでれる？」

「あの、何回でも大丈夫です」

「ほんと？うち、今、夕方全然人いなくてね。このまえ面接してたのも結局来なかったんだよね。いつから入れる？」

「いつからでも……」

「あ、そう。じゃあ、もう明日からトレーニングしちゃおうかな。五時くらいには来れる？」

どんどん話が進んでいるので驚いていた。志望動機とかを何度も頭でシミュレーションしていたのにちっとも聞かれず、入れる人なら誰でも歓迎という雰囲気だった。

「あ、そうそう、ご両親の許可は？」

「は、はい」

「とってあるのね。じゃあ問題なし。これ、誓約書だから、ここにお父さんかお母さんどっちかのサインとハンコもらってきて。明日、五時からお店にきてください。よろしく」

女性は私に誓約書を渡し、軽く頭を下げた。私は慌てて、深々とお辞儀を返した。

家に帰ると食事の時間で、母はもう食卓についていた。今日は残業がなかったのか、珍しく父もビールを飲んでいた。黄ばんだ白いテーブルに、父の好みのおかずばかりが並べられている。

父の前にできたてのつまみの皿を置いていた母が、目を見開いて、口だけ歯をみせて笑った形にしながら、こちらを振り返った。

「遅かったわね、有里ちゃん」

「あの……私……ここに、サインもらうように言われて……」

「何？　ごはんのあとでもいいでしょう？」

学校のプリントだとでも思ったのか、母は私の誓約書をその顔のまま受け取った。目を通して、母の声は急に低くなった。

「何？　これは」

「コンビニの……」

「有里ちゃん、アルバイトしようとしてるの？」

あ、アカオさんだ、と私は久しぶりに思った。

「何言い出すの、お父さんの前で。有里ちゃん、高校生になったばかりじゃない」

「大丈夫だって……学校のみんなも……」

母の手つきはいつも以上に乱暴になり、青い箸《はし》の先が魚の腹を突き刺した。

「近所のお店でなんか働いたら、知ってる人ばっかり来るわよ。おこづかいなら、沢山あげてるでしょ？　何で、今、こんなこと言うの」

「うるさいな。お前らは」

父が新聞に顔を向けたまま低い声で言った。あいかわらず食卓に背を向けていて、背中の骨が動いているのだけが見える。

「そんなもの、やりたいようにやらせておけ。くだらないことで喚《わめ》くな」

母はさっと俯いた。母は箸を乱暴に置き、紙が千切れそうなくらい強くボールペンの先を押し付けてサインをした。

「……有里ちゃんにはきっと無理よ。すぐに後悔するからね」

そう吐き捨てると食卓から立ち上がり、母は激しい音をたてて洗い物をはじめた。

私は父を一瞥し、そのあと、その細長い背中に逆らえない母に目をやった。私はそっと母の立つ台所に近づいた。

サインの書かれた誓約書をしっかりとにぎりしめたまま、冷蔵庫のドアを蹴飛《けと》ばした。

母がはっとしてこちらをみた。私はその顔に、自分とそっくりの脅えた表情がうかぶのを見た。

台所から、あのやかましい水音と皿のぶつかり合う音は聞こえなくなっていた。母が、父にするのと同じに私から息をひそめているのがわかった。どうすればその呼吸がさらに潰《つぶ》れていくのか、私には手にとるようにわかった。

部屋にもどり、乱暴に引き戸を閉めた。そして誓約書をそっと指先で撫《な》でた。ご飯を食べ損ねておなかが減っていたが、平気だった。私は誓約書を撫でながら、横に電卓を置き、熱心に計算を始めた。

時給は九百円、研修中は八百五十円だけれど、すぐに終わると副店長は言っていた。一日五時間を週五日働けば、月に九万円以上手に入れることができる。私は電卓の中の数字をうっとりと眺めた。それは、どんな成績のいい通知表よりも価値のある数字に思えた。私の一時間を、誰かが九百円で買ってくれるのだ。そう思っただけで、指先が震えて、電卓の数字はぐちゃぐちゃになってしまった。

お金は全部貯金しよう、高校三年間でどれくらい貯金ができるのか、苦手な数式を何度も何度も頭に浮かべながら、私はいつの間にか眠ってしまった。

翌日から私のアルバイトが始まった。面接をしていた女性はこの店の副店長で、オーナーである店長とは夫婦だった。裏でコンピューターに向き合っている店長には最初に簡単な挨拶《あいさつ》をしただけで、あとの世話は全部奥さんの副店長がやってくれた。私に新しい制服と名札を渡しながら、「店長はいっつもああだから。表のことは私に聞いてね」と言った。

簡単な操作方法と商品を入れるビニール袋の種類などを教わり、レジを「トレーニング」と赤く表示された練習用の設定にしてもらい、しばらく人のいないレジで副店長相手に、かごにはいったものを打つ練習をした。かごの中には生理用品や新聞などが入っていて、生理用品は茶色い紙袋にいれること、新聞はバーコードがないからボタンで操作することなどを学んでいく。

私はメモ帳を開いては、一つ一つ熱心に書き込んでいった。

(豆腐は、透明のビニールに入れること。ヨーグルトには、スプーンをつけること)

副店長が一言いうたびにメモ帳を開いて書きこまなくては忘れてしまいそうだった。

副店長は私のメモを覗き、早口に言った。

「そんなに全部書かなくていいって。重要なことだけ書いて。あとはやりながら覚えられるでしょ」

「はい……」

「いつまでも練習モードにしていても上達しないからね。私が横に立つから、実際にレジを打ってみて。難しい操作のものが来たらすぐに代わるからね」

「はい」

バーコードを読み取る機械を握り締めながら頷いていると、お店の奥から手にいくつか商品を持った中年男性のお客さんが近づいてきた。

男性はガムのあたりを少し見たあとこちらを振り返り、私のいるレジに食物を並べ始めた。

私はその光景をじっと見下ろしていた。カウンターには少し汚れたビニールのシートがかけられていて、その下の台は白く塗られていた。

白いカウンターの上に、六個パックの生卵が置いてある。その横には、カップラーメンが置いてあり、そばにビニールに包まれたサンドイッチが横たわっていた。その向こうにはペットボトルに入ったコーラも置いてある。

私はコーラを倒さないように気をつけながら、サンドイッチを持ち上げた。右手で機械を持ち、バーコードを読み取る。電子音がして、サンドイッチの値段がレジの画面に表示された。左手のサンドイッチを、私は用心深く、元の場所に横たわらせた。

今度はカップラーメンにつけるお箸を取り出そうとしたが、指がもつれて、レジの下に落としてしまった。私は急いでそれを拾い上げ、ラーメンの上に乗せた。副店長が素早く箸を新しいものと取り替えた。

「袋詰めは私がやるから、はやくバーコードを読み取って」

副店長は余りに遅い私の動作にあきれた様子で、苛々《いらいら》と指示を出した。私は右手の機械で卵のバーコードを読み取ろうとした。

左手で持ち上げた瞬間、自分はこれを割ってしまうという、予感ではなく確信が、内臓を這《は》い上がってきた。

中から黄身の液体が流れ出し、白いカウンターを汚している光景が、頭の中で点滅した。それはいくらふいても、ふいても、広がっていくだけで、すぐに見つかってしまう。

私は失敗する。この卵は割れる。私はなぜかそのことを、とてもよく知っていた。

「申し訳ありません！」

副店長の声で我にかえった。卵のパックは床に転がっていた。副店長が売り場に走っていき、新しいものを持ってきている。

「なにぼうっとしてるの！」

そういわれ、私は慌《あわ》てて頭を下げた。

「……申し、訳、ありません……」

副店長はすばやくレジを代わった。

「土屋さん、袋詰め」

そう私に指示をし、客に謝りながら素早くレジを打っていく。

「いい、お客様はあなたの練習に付き合ってるんじゃないのよ。これは本番なの。今から少し混む時間だから、あなた、レジは打たずに岩本君の横でずっと袋詰めしてなさい。見て覚えるようにね」

言われるままに岩本君のレジの打ち方を眺め続けた。横から見ていると、とても簡単そうに見える。けれど実際にお客の正面に立つと、そして白いカウンターの上に一つ一つ食物が並べられていく様を見ていると、なぜか私はとても混乱して、頭が真っ白になってしまうのだった。

アルバイトは夜の十時に終わり、私はマンションへ帰った。ドアを開けると廊下にリビングの明かりが漏れていたが、ただいまをいう気になれずすぐに部屋に入り、机の引き出しへ近づいた。

高校生になっても、私のノートの習慣は続いていた。赤津の顔を見なくなればノートは必要なくなると思っていたのに、どうしても毎晩開いてしまうのだ。そしてノートの中で赤津を殺すととても落ち着くのだった。

私は一文字ずつ、丁寧に書き込んでいった。「殺」の文字を書くときは、いつもより手に力がこもった。並んだ文字のなかでその字だけが、一際《ひときわ》、濡《ぬ》れたように黒く光っていた。

いつまでたっても、私はレジに慣れることができなかった。私はレジの中でずっと緊張したまま直立していた。

ガムだけの客、コーヒー二本の客のあとに、かごを持った作業着姿の若い男が近づいてきた。

「あた……ためますか」

「あ？」

私のかすれた声に、不機嫌そうに客が聞き返す。私は声を振り絞ってもう一度繰り返した。

「あたためますか？」

「ああ」

教わったとおりに醤油《しょうゆ》の袋を取り外し、弁当をレンジに入れて一分のボタンを押した。

「急いでるんだけど。早くして」

「は、はい」

私はかごのなかの残りの商品を打ちはじめた。ポテトチップス二袋と麦茶を大きい袋にまとめて入れようとしたが、綺麗《きれい》にはいりきらず、ポテトチップスだけを取り出して別に入れようと慌ててもう一枚、大きな袋をとりだした。

「もういいよ、これで」

客は袋を乱暴に持ち、片手にむき出しのポテトチップスをもって、

「ちょうど置いてあるから」

と顎《あご》で示してそのまま行ってしまった。カウンターに投げ出されているお札と小銭を数えてレジに打ち込んでいると、後ろでレジが電子音をたてた。振り返った身体《からだ》が強張《こわば》った。弁当を渡さないまま客が帰ってしまったのだ。

私はレンジから弁当を取り出し、外へと走り出た。しかし通りには誰もいなかった。

ひょっとしてまだ中にいるかもしれないと思い、店に引き返して、私はむき出しの弁当を手に持ったまま、店内を走り回った。だが、店の中には制服姿の男子高校生の二人組と、立ち読みをしている女性がいるだけだった。

私はおそるおそる、レンジの上にぬるくなった幕の内弁当を置いた。副店長に気づかれないうちに、今の人が取りに来るよう祈った。お弁当なのだから、すぐに忘れたことに気づくはずだ。けれど、いつまで待っても、お客さんは引き返してはこなかった。

今ごろ家で怒ってるかもしれない。電話をかけてくるかもしれない。私の名札を覚えているかもしれない。

そんなことばかりを考えていると、副店長が出てきた。私はレジの画面をじっと見つめながら息をひそめていた。

「これなに？　土屋さん」

「あの、三十分くらい前、男のお客さんが、ええと、飲み物だけ持って、さっと帰ってしまったようなんです……」

「帰ってしまったようなんです？」

副店長は私に向き直った。

「そうじゃないでしょ。あなたのミスで、渡し忘れたんでしょ。『私が渡し忘れてしまいました、申し訳ありません』でしょう。土屋さん。お客様のせいみたいな言い方するなんて、とんでもない」

「すみません」

母と違ってヒステリックさのない、冷静な、諭すような言い方だったが、私は叱《しか》られたということ自体にとても混乱していた。

「何かあったらすぐ呼べって言ったでしょ。何で呼ばないの？　あ、ほら、レジ」

見ると、客がジュースとコーラを置いて待っていた。私は慌てて駆け寄った。

「すみません。すみません、あのう、294円です。すみません」

小銭をうけとる手がもつれて、床に百円玉を散らばらせてしまった。百円玉の二つのゼロが目玉に見えてこっちを睨《にら》んでいる気がした。

「まあ、こういうミス自体は新人さんにはよくあることだから。取りにいらっしゃったらちゃんと謝って、売り場から新しいものをお渡しして。これは処分しておくから。次から気をつけるようにね」

副店長はそう言って、袋をもったままバックルームへ戻っていった。無意識に責任を逃れようとしている自分を見透かされたことに、耳が熱くなった。

私はメモ帳を後ろのページから開き、（ミスは、ちゃんと、自分のせい。ちゃんと、責任をとる。ちゃんとする）と書き込んだ。それは部屋でノートを書いているときとは全くちがう、私の声と同じような、細くてたよりないねじれた文字だった。

いつまでたっても、私の悪い癖は治らなかった。ミスをすると、どうしてもそれが自分のせいではないとさりげなく匂《にお》わせるような、これは何か不幸な偶然で起こってしまっただけなのです、と滲《にじ》ませながら言い訳がましく細い声で説明してしまい、そのたびに、副店長にきつく怒られた。

「なんとかのようで、なんとかみたいで、なんとかしてしまって、あなた本当にそればっかりね。他人事《ひとごと》みたいな言い方を、どうしてするわけ？　何度も言うけど、あなたのミスなのよ。あなたが起こしたことなの。ミス自体より、その姿勢のほうがずっと腹がたつわ、私は」

副店長にも、客にも、謝らない日はないくらいだった。夕勤は本来二人であるはずだったのだが私の研修がいつまでも終らないため、三人いなくてはならないままだった。自分が何のためにここに立っているのかさっぱりわからなかったし、雇っている側はもっとそう思っているに違いなかった。

バイトから帰ると、私はいつも通りすぐ部屋に入り、ノートに文字を並べはじめた。だんだんと殺すまでより殺してからの光景を書く分量のほうが多くなっていた。

『6月1日
バットで殴る。そのとき、手には対象が潰《つぶ》れた手ごたえがある。私はバットを振り上げて、さらに2、3度、打ちつける。

赤津が倒れたところを、仰向《あおむ》けにひっくり返し、ナイフを突き立てる。何度もそうしてナイフを深く刺す。血がいっぱいでる。水溜《たま》りになって、ひろがってく。私の下半身がその血でびっしょり濡れる。あたたかい。』

〝下半身がその血でびっしょり濡れる〟と書き込んだとき、覚えのある感覚が私を襲った。自慰をしていたときの感覚だ。違うのは、あのときは、疼《うず》きのようなものが摩擦によってどんどん高まって絶頂により蒸発していったのが、今は、最初から蒸発が湧《わ》き上がってくる感じだった。濃度の薄い絶頂が、文字を書いている間ずっと、下腹の中で生き物のように蠢《うごめ》いていた。

『6月3日

バットを頭に向けて振り下ろす。ぐしゃりと骨が砕けた感触。気を失ったからだを仰向けに寝転ばせ、大の字に開く。

服を脱がせる。ナイフを突き立てる。皮膚の中に刃先が沈んでいく。と、同時に、中からどんどん血が出てくる。刃先に内臓があたった感触がする。

私は刃物を前後に動かし、大きい切り口をつくる。体を開く。胃、肺、腸などが並んでいる。その中から心臓を選び取る。それはまだ、どくどくと動いている。私は直接ナイフを突き立てる。』

いつしか、ノートに「赤津」という固有名詞が出てくることはほとんどなくなっていた。文章はどんどん長くなっていき、私は熱心に殺害の光景を書き込んでいった。

『6月10日
頭が潰れた感触。私は倒れた肉体を横たわらせる。

服を全部脱がせて、私はナイフで、手術するみたいに、首の下からへその上まで裂け目を入れる。

ぱっくりとそれを開くと、中にはぎっしり血と内臓が詰まってる。私は手のひらを突っ込んで中をさぐる。一番奥から、まだ動いてる心臓を取り出す。

私はお握りを握るみたいに両手の間に心臓を挟んで、ゆっくりと圧縮していく。右の手のひらと左の手のひらがくっついたときには、心臓は潰れて地面に落ちている。』

『6月15日
意識を失った肉体が横たわっている。

意識を失っていることにより、肉体は脳から解放されている。

私はナイフを首の下に差し込む。へそまでゆっくり切れ目をいれて、開く。そこには血管、血液、内臓が整理整頓《せいとん》されてきちんと収まっている。

私は肺、胃、腎臓《じんぞう》をそれぞれ取り出して、二つに切る。それらはまるで果実みたい。きれいに二つに割れて、液体が流れ出す。

必ず、肺、胃、腎臓の順番にする。

全部きり終わったら、最後に心臓を取り出す。それは林檎《りんご》みたいにかわいらしくて、真っ赤で真ん丸い。

私は皮を剝《む》く。そうしたら中は透明な、ガラスの果実。私はそれを切り分けていく。2つ。4つ。8つ。16。32。64。64個のかけらになったら、今度はそれを一つ一つにぎりつぶしていく。手の中の透明なかけらが、雪みたいに溶けてなくなる。心臓は液体になってしまう。私の周りが、その液体で満たされている。』

何度書いても、欲望は「心臓」へと集結していった。下腹の中から蒸気が立ちのぼり、文章は日に日に長くなっていった。


新しい夕勤の女の子が一人入り、私のシフトはますます少なくなっていた。その子は経験者で、一週間で「研修中」のバッジがとれ、普通に働いていた。

二人のアルバイトが仕事をきちんとこなしていく。それを横目で見ながら、三人目の自分に余計な人件費がかかっていることを意識せずにはいられなかった。

「土屋さん、レジ！」

「はい」

窓の掃除をしていた私は慌《あわ》ててレジへ駆け寄った。

待たされていた女性は、私が来るとカウンターにおにぎりを放った。それは力をこめて握られていて、三角形の一角が潰れてしまっている。それを見ると、また私は、頭の中が真っ白になってしまった。

女性は急いでいるようで、手に持った千円札を握り締めている。私はその手の動きばかりを見てしまい、何度もおにぎりを取り落としてしまった。

「あの、急いでるんですけど」

女性の低い声に、あせってもつれる手で機械をもって、カウンターの上にひっくりかえっているおにぎりのバーコードを読み取った。

「ひゃく……にじゅうえんに、なります……」

女性は握っていた千円札をカウンターに投げつけた。

「千……円の、おあずかり……です……」

私は両手で懸命に数字を打ちこんだ。

「はっぴゃく……はち……じゅうえんの……おつりに……」

最後まで言い終えないうちに、客は私から小銭をもぎ取って行ってしまった。

レシートを持ったままぼうっとしていると、今度は、

「マルボロライト」

と若い男性が近づいてきた。

「あの、タバコ」

「あ。はい……」

私はもたもたと後ろの棚からタバコをとった。

「三百二十円で……あ、し、失礼しました」

私はカウンターの上に置かれていた千円札を見ていそいでレジからお釣りを取り出した。

「あの、これ、お釣りです。ありがとうございました……」

小銭を差し出すと、男性は一瞬、戸惑った表情をしたが、すぐにお釣りとタバコを受け取って店を出て行ってしまった。

千円札をレジにしまおうとして、その千円が、見覚えのある形にひしゃげているのに気がついた。

それは、おにぎりを買った女性が握り締めていた千円札に間違いなかった。私は千円札を急いでレジにしまい、誰にも見られていなかったか周囲を見回した。

「土屋さん、休憩!」

女の子から声をかけられ、私は、びくりと身体を震わせた。

バックルームに入ると、誰もいなかった。私はトイレに入り、ずっと水道の水を手ですくって飲んでいた。

(失敗してしまった、また失敗してしまった)

考えれば考えるほど混乱して、腕が固まり、水道の水が顔に跳ね、顔から水が滴《したた》った。

トイレからでると、私はこっそり自分の鞄《かばん》に近づいた。左右をみながら財布から千円札を取り出すと、小さく折りたたんで制服の袖《そで》口に隠した。

「休憩終わりました……」

バックルームから出た私が頭を下げると、女の子が、

「ああ……」

と、どうでもよさそうな返事をした。いつもトイレにこもってばかりで、椅子《いす》に座りもしない私を、皆、最初は、「具合悪いの?」「ちゃんと休んでいいんだよ」などと気遣ってくれていたが、今では誰もかまわなくなっていた。皆のように、お茶を買って裏で座ったりするべきだとわかっているが、どうしても、人目のないところへ隠れてしまうのだった。

私はレジのそばのガムの棚を整頓するふりをしながら、みんなの目がレジから離れるのをじっと待った。

「岩本さーん、ドリンクの段ボールが邪魔なんですけど、ちょっと手伝ってくださいよ」

女の子が男性のアルバイトに声をかけ、アルバイトの二人がバックルームへ入っていった。私はすぐにレジに走りより、袖口から千円札をとりだして、レジの中にしまおうとした。

「何やってるの」

するどい声がした。副店長が事務所から出てきていた。

「今、レジのお札を何かしたでしょ。正直に言いなさい。バックルームのカメラにちゃんと映ってたんだから」

私はそのまま事務所に連れて行かれ、店長が奥で発注をしている中、パイプ椅子に座らされた。

防犯カメラの画像を見ながら一連の流れを説明し終えると、私はうなだれた。

「ごめんなさい。ミスしてしまったから、私のお金を入れておこうと思ったんです」

「そういうのが一番、やったらいけないことなのよ。わかる？」

レジから盗もうとしているところならともかく、入れようとしているところをとがめられるとは、我ながら間抜けだった。

「私は正直、このままあなたがちゃんと仕事意識をもって働けないなら、辞めてもらいたいと思ってる」

店長は妻である副店長をなだめるように、声をかけてきた。

「まあまあ、人だって足りてないんだし、そんなに言うことないじゃないか。土屋さんなりに、責任、とろうとしたんだろ、ちょっとやり方がまずかっただけで。ねえ？」

「責任をとろうとしたんじゃない。逃れようとしたんでしょう」

まったくその通りだった。私は叱《しか》られるのが怖かった。そうされないためならどんな卑怯《ひきょう》な手でも使う女なのだ。

「ま、そうがみがみ言うなよ、まだ新人なんだからさあ」

店長は、中年の男で、女の子のアルバイトには甘かった。私は副店長からではなく店長によく見えるように、椅子を少しずらして顔を伏せた。温度のない瞼《まぶた》を、指先で強く抑えた。

副店長には全《すべ》て気づかれているように思えたが、店長は私がそう願ったとおり、私

が泣いていると思ったらしく、

「ほら、お前、だから言い過ぎなんだよ。もういいよ、土屋さん、盗もうとしたわけじゃないのはわかったから。次から気をつけなさいね」

と言った。

「あなたは甘いのよ。本当に」

副店長の言うとおりだと思ったが、私は頷《うなず》いて立ち上がった。副店長は肩をすくめて、先に事務所から出て行った。

続いて出ようとした私の背中を、店長が優しくさすった。

「気にしなくていいからね、土屋さん」

「はい」

私は頷き、事務所のドアを開いた。

売り場に出ると、事務所の中の様子を窺《うかが》っていたらしい岩本君と女の子は、私の顔を見ると気まずそうに目をそらした。彼らはそれぞれ掃除を始めたり、品だしをしたりと、忙しく駆け回り始めた。

一件のことはすぐに店全体につたわり、私は気まずい立場になった。レジからお金、取ろうとしちゃったんだって？　夜勤の台湾からの留学生の男の人が悪気なさそうに言い、しっ、と他の人にとがめられた。

私のシフトはますます少なくなり、毎日と希望しているのに、いくら勤務時間表をめくっても、週に一回しか入っていなかった。「普通、こうなったら辞めるんだけどね」バックルームのドアごしに聞こえてきた副店長の言葉は、私のことだったかもしれない。けれど、私には辞めるということがよくわからなかった。辞めるというのは他へ行くあてのある人のすることで、どこへ行っても同じな私には、辞めるということがよく理解できなかった。

息をひそめるのだけには慣れていた私は、ずっと俯《うつむ》いて、レジの右隅に表示されている時計の数字が変わっていくのをいつまでも見つめていた。

店内に何人か客が入ってきたのを見ると、私はレジを離れた。かごをもってバックルームに入り、ミスをするという可能性があまりない、カップラーメンの品だしを始めた。バックルームには店長しかいなかった。店長が近づいて来る気配を感じながら私は黙って俯いていた。

「がんばってるね、土屋さん」

店長は私の背中をさすりながら言った。その手は制服とTシャツの下にもぐりこみ、背骨を撫《な》で回した。私はスイッチが切れたように、カップラーメンを片手に持ったまま静止した。

千円の一件のとき以来、店長はたまに私に声をかけながら背中を撫でるようになっていた。その手が服の下の背骨を直接触れるようになるまで時間はかからなかった。私はそのたびに、こうしてその手が離れるまでぼんやり立ちつくすのだった。

外からバイトの女の子が近づいてくる声がして、店長の手がするりと抜けた。止められていた時間が動き出しでもしたかのように、私は手に持っていたカップラーメンをかごに入れ、バックルームを出た。

売り場でラーメンを出していても、背骨にはまだ店長の手のひらの感触が残っていた。私は女を使って出来損ないであることをごまかしたのだから、こうして撫でられるのは当たり前のような気がした。なぜ、胸や性器ではなく背中なのかのほうがわからないくらいだった。何かをいやだと思う部分が、ずっと前から壊れてしまっているのだと思った。それを作り出す器官が生まれたときから故障しているのかもしれなかった。

ラーメンを摑《つか》んでいる自分の青い腕を見つめた。その中にこの街と同じ色の、白い剝製《はくせい》のような器官たちが乾いたまま転がっている気がした。からからと音が鳴るように思えて腕を揺すると、手の中のカップラーメンが容器の中で崩れた音がした。

帰りがけ、勤務時間表を見ると、来週も一日しか入れられていなかった。その日付を一応メモ帳に書きとめていると、夜勤の台湾の男の人が入ってきた。

「ああ、おつかれさまです。これから帰り？」

バイト先で浮いている私に彼だけは気さくに話しかけてくるのだが、私はなんだか気後れしてしまって、一歩後ろに下がりながら頷いた。

「昼間は学校ですか？」

「……はい……」

「なんか、いっつも元気ないなあ。もっと、ちゃんと声だして喋《しゃべ》らないとだめですよ。ねえ？」

彼は少しなまりのある敬語混じりの日本語でそういい残し、すぐに段ボールを置いて売り場へ出て行った。

事務所に残された私は、自分の乾いた唇を摑んで立ちすくんでいた。喋る、ということが何なのか、よくわからなかったのだ。小さいころを思い返してみても、私の口はずっと言い訳をするための器官で、何かを喋ったことなどない気がした。

私は口を開け、何か言語を発してみようとした。喉《のど》から意味のない音声ならいくらでも押し出せそうだったが、身体《からだ》の中に伝えたい言葉は何もないのだった。ひたすら身を守っていたいという防衛本能に突き動かされているだけで、それを除くと、私の体内には何の意思も存在していないのだった。

引き出しの中のノートはもう四十冊目になっていた。空想の中の肉体の顔が、このところぼやけてよく見えない。

私はそれでも、顔を見たらまだ赤津を殺したい気持ちになるのかもしれないと思っていた。だからノートが止まらないのだろう。そう心の中で呟《つぶや》きながら、ノートにシャープペンシルの先を押し付けた。指に力がこもり、一文字書くたびに黒い粉がノートに湧《わ》いた。私はそれを払いのけながら、丁寧にノートに黒い溝をつくっていた。

『6月30日

肉体が横たわっている。

着衣は取り除かれている。皮膚の一部が、銀色に光っている。』

そこまで書いて、私ははっとした。背中を丸め、文字に息がかかるまで顔を近づけ、先を書き進めた。

『それがあの銀色の扉だということが私にはすぐにわかった。扉は長いこと放置してしまっていたから、すっかり錆《さ》び付いてしまっている。私は扉の隙間《すきま》にナイフをいれていく。扉を開くと、中には、虹《にじ》色の部屋が広がっている。今まで封印されていたあらゆる色彩がそこに収められている。

私にはわかった、全てがわかった、私はこの虹色の部屋にたどり着くために生まれてきたのだ。他の扉が全て、次々と閉鎖されていったのは、この部屋にたどり着くためだったのだ。』

書き終えた後も、私は興奮し続けていた。もう二度と現れないと思っていた銀色の扉がこんな形で現れたことに胸が高鳴り、飽きることなく刻まれた文字を見つめていた。

七月が始まり、もうすぐ夏休みになろうとしていた。私は相変わらず、掃除をしたり、たまに暇なときだけレジをうったりしながら、アルバイトを続けていた。

「ああ、ね、土屋さんでしょ？」

急に声をかけられ、私は驚いて顔をあげた。中学のとき、私を無視していた吉田さんと仲のよかった、武本さんという女の子だった。私は武本さんにも口をきいてもらえなかったと記憶していたが、彼女はそんなことはまるでなかったように気さくに話しかけてきた。

「うわあ、久しぶり、変わってないねえ。ここでバイト？」

「うん」

「へえ。元気そう」

彼女があんまり優しくて親しげなので、全ては被害妄想で、私は誰からも避けられてなどいなかったような気がしてきていた。

「あ、そうそう、知ってる？ 赤津のこと」

「知ってるって……？」

その名前を聞くと私はすぐに顔を伏せ、カウンターの上の割り箸《ばし》の補充をし始めた。

「赤津、死んだんだって」

「……」

私は黙ったままプラスチックの入れ物に割り箸を押し込み続けた。何か言わなくてはと思ったが、何も思い浮かばなかった。

武本さんは元担任の死の知らせを聞いたのに、黙々と割り箸を補充し続ける私を不可解そうに見ながら続けた。

「交通事故だって。赤津、車好きだったじゃん？　なんか、すごいカーブのところを夜、スピードだしてドライブしてて、前の車と激突したらしいよ。うちらが卒業してすぐだっていうから、もう三ヶ月くらい前かな。私もこないだ知ったんだ。びっくりだよね」

「即死だったの？」

手元を見たまま私は尋ねた。死体がどのような状態だったのか気になった。

「多分、病院に運ばれたんだとは思うけど。でも、その日のうちに死んだらしいよ」

「そう」

「うちのクラスの子も、誰も知らなくて葬式行かなかったらしいよ。嫌われてたからさ、卒業しても誰も遊びにいったりしなかったんじゃん？」

「あの、土葬だったのかな」

武本さんは甲高い笑い声をあげた。

「なにその質問。知るわけないじゃん、でも火葬でしょうよ、普通に。土屋さんって天然入ってる？」

私はそれを聞いてますます、呆然《ぼうぜん》とした。死体を掘り起こすこともできない。

「まあ、嫌な話だよね。うざったい先生だったけど、死んだとなるとね。あ、混んできたね、ごめん、ごめん。じゃ、バイトがんばって。またね」

武本さんは軽く手を振って去っていった。そばで見ていた副店長が近づいて声をかけてきた。

「今の、友達？」

「あの……中学校の同級生です、そんなに話したことはなかったんですけど」

「ああ、地元で働いてると客に知り合い来るからね。土屋さん、そこにあんまりぎゅうぎゅうに詰め込まないで」

そう言われて、私はやっと、割り箸の補充をやめた。途端に膝《ひざ》の力が抜け、私はその場にへたりこんだ。

「ちょっと！　大丈夫？」

「……はい」

「貧血？　具合悪い？　もうすぐあがりでしょ、もう帰りな」

「すみま……せん」

私は脂汗《あぶらあせ》のにじみ出た額を何度も手で拭《ぬぐ》いながら、着替えて外に出た。

日曜の夕方、この街にはほとんど人気《ひとけ》がない。見慣れた灰色の街だ。私は手を握って、開き、握って、開いた。何度も強く握り締められた親指の骨が軋《きし》み、そのたびに手の甲の皮膚が引っ張られて薄く延び、青い血管がじわりと浮かんだ。

道の向こうからは、華奢《きゃしゃ》な若い女性が歩いてくる。

女の人の胸元の白い肌を見た瞬間、私は目をそらしてその場にしゃがみこんだ。靴の具合を見るふりをしながら、女性の細い足首が通り過ぎるのを待とうとした。サンダルのストラップをゆっくりと外して、もう一度付け直そうとしたが、汗が地面に滴《したた》り、指が震えてなかなかとめることができなかった。

やっと足音が遠ざかっていき、私はなんとか立ち上がった。

一刻も早く家へ戻ろうと、俯いたまま足を速めた。児童館の前を、半袖《そで》の小さな男の子がおぼつかない足取りで歩いていた。突き飛ばしたら、すぐに転んでしまいそうな不安定さだった。私は目をつぶって横をすりぬけた。

家に帰ると、母は出掛けていて誰もいなかった。玄関に鍵《かぎ》をかけ、私は汗だくのまま廊下にあがりこんだ。

父の書斎へ入りパソコンへ近づいた。学校のパソコンとあまり操作が変わらず、簡単に電源を入れることができた。

明かりを消したままの薄暗い書斎が、パソコンの青白い光に染まった。立ったままキーボードを操作し、検索サイトを開いた。少し考え、まずは「殺」と打ち込んだ。

何千万件もヒットしてしまい、また少し考え、今度は「殺人」と打ち込んだ。最近の事件のニュースのページなどが並んだ。

少しそれを眺めた後、息をついた。下腹の中では、ノートを書いているときと同じ感覚がまだ微かに蠢いていた。今度は「快楽殺人」と打った。指が痺《しび》れてうまく動かず、何度か打ち間違えながら、一文字ずつゆっくり入力していく。

検索のボタンを押すと、いろいろな快楽殺人事件の記事にまぎれて、何人かの、私でも知っているような海外の殺人者の名前が目に入った。

それらの殺人には性的快楽が伴うという記事を読んで、私は少しほっとした。

私のしていた自慰とはまったく違う。私は本物の血を見て性的に興奮したことなど、一度もない。残酷描写のある映画や本などは、むしろ苦手なくらいだった。

快楽殺人犯の多くが小さいころから犬や猫を殺していたという記事もあった。私は小動物は可愛《かわい》いと思うし、虫を殺すのすら抵抗がある。

力が抜け、私は安堵《あんど》の溜息《ためいき》をついた。やっぱり違う。本当に殺してしまうような人は、やっぱり昔からどこか違うんだ、異常なのだ。こういう人は、小さいころから兆候があって、普通ではないのだ。私は違う。私は少しストレスが溜まっているだけ、大丈夫だ。そう何度も、自分に言い聞かせた。

その夜、私はノートを書かずに眠った。赤津はもういないのだから、ノートは必要ないはずだった。けれど、頭の裏に、銀色の扉が、呼吸をするたびにはっきりと浮かび上がり、息を吐くとぼやけていく。消えてしまう、と思いながら息を吸うと、またはっきりと頭の中に浮かび上がる。扉が私と一緒に呼吸しているのがわかった。

銀色の扉が私を呼んでいる。私は何度も寝返りをうった。ノートの隙間にしっかりと収まっていたはずの世界が、いつのまにか、外へ溶け出していた。そのことを強く感じながら、私は深呼吸を繰り返していた。

翌日、学校へ行くため駅へ向かう坂を下りていると、太陽が私の紺色のスカートに熱をあっという間に含ませて、すぐに脂汗が額にうかびあがってきた。

遠くから子供の笑い声がした気がして、私は立ち止まった。蟬《せみ》の声が貧相な街路樹から不釣合いに降り注ぐ。この貧弱な枝のどこにそんなにびっしりと隠れているのか、と見上げても虫はどこにも見当たらず、これは自分の耳鳴りなのかもしれなかった。

坂の下では自分と同じ年くらいの女の子が、携帯電話の画面を開いてベンチに座っている。私は短いスカートから出た足の皮膚を凝視した。日焼け止めか何かを塗っているのか、足と腕を油のような膜が覆《おお》っている。日に焼けた足が無造作に組みなおされ、スカートはさらにずりあがった。

服を剝《は》いで、あの腕と腿《もも》を繫《つな》いでいる皮膚に、扉があるかどうか調べたい。女の子はメールに夢中で、私の視線にも一向に気付く様子がなかった。

気がつくと、胸をかきむしっていて、自分の制服の胸元のボタンを引きちぎっていた。

銀色の扉を開けたい。私は地面にボタンを投げつけ、その音にやっと気付いた女の子が顔を上げた。私は足をもつれさせながらその前を走り抜けた。

坂を駆け下りて路地を曲がり、ビルの物陰にしゃがみこんだ。手が生き物になって服の胸元を這《は》いまわり、スカートの裾《すそ》を握りしめた。

扉を開けたい。私は鞄《かばん》から教科書を取り出し、表紙を滅茶苦茶《めちゃくちゃ》に破いたが、手に宿った衝動は治まらなかった。

自分の手が勃起《ぼっき》しているのがわかった。生き物になった手には、刺激を食べさせなくてはならないのだ。そしてそれは紙をちぎるような感触ではだめなのだ。

なんとかマンションにたどりついてドアをあけると、洗濯物を洗濯機からとりだしている母がいた。

「どうしたの、有里ちゃん。忘れ物？」

母の横を走り抜けて台所へ行き、氷を取り出してそばにあったスーパーのビニール袋の中にぶちまけた。私はその中に手をつっこみ、袋をかかえてしゃがみこんだ。

「何してるの、火傷《やけど》したの？」

母の声が背中から聞こえたが、顔をあげることができなかった。衝動はおさまらず、私は手を振り上げ、袋の中で握り締めていた氷を壁にうちつけた。

氷がガラスのように割れ、床に破片がころがる。私は夢中になって氷を壁にうちつけ続けた。

「有里ちゃん！」

母の声で我に返り、背後を振り返った。

勃起していた私の手のひらは、いつの間にか萎《な》えていた。

私は顔をしかめて母の乾いた皮膚を見つめた。裏に汗をびっしょりかいた、生臭い皮膚。宿っていた欲望はすっかりなくなり、母の表皮を蔑《さげす》む気持ちに変わっていた。

私は息をつき、無言で母を押しのけて部屋へ戻った。戸の外で母が何か言っていたが、布団《ふとん》にもぐりこみ瞳《ひとみ》を閉じ、深く呼吸をしながら、自分の意識が遠ざかるのを待ち続けた。

私はそれから、ほとんど部屋を出ることがなくなった。家の中で父や母を見ても何も感じないのに、外で歩き回る肉体を見ると、とたんに欲望が這い上がってくるのだった。どうしても銀色の扉を開きたくなってしまうのだ。

学校の教師からは何度か電話があり、そのたびに、母が必死に言い訳をする声が、引き戸の向こうから漏れ聞こえてきた。アルバイトも無断欠勤になっているはずだが、そちらからは何の連絡もなかった。

母はいつも猫なで声で何度か呼びかけたあと、戸の前に食事を置いて去っていった。母がリビングに戻ると私はやっと引き戸を開け、食物を摂取した。

母と父の会話が聞こえてくることもあった。母は吃《ども》りながら、有里ちゃんは大丈夫だと、その場しのぎの説明を繰り返していた。

私の部屋の引き戸は鍵がかからないが、無理矢理にそれを開けてくる人間はだれもいなかった。私は部屋の奥で眠り続けた。

断片的に見るのは、何かを追いかけている夢だった。それはきっと銀色の扉なのだろう。私は夢の中で、笑っていた気がする。

衝動は、何の前触れもなくからだの中を這い上がってきて、そうなると眠りの中に逃げることもできなかった。私は外に駆け出したい衝動を抑えながら、置時計を床に打ちつけたり、壁に教科書を投げつけたりして発作が治まるのを待った。

とにかく五感に刺激を与えたかった。刺激でしか、刺激への衝動は抑えられないと思った。


母は作戦を変えたのか、急に凝った料理ばかりを置くようになった。私は引き戸を細く開け、やたらに煮込まれて濃い色をしたロールキャベツや、デザートにしては大きすぎるフルーツのタルトに目をやった。母の手でこねくり回された食材を見下ろしているとリビングのドアが開く音がし、私はすぐに引き戸を閉めた。足音が近づいてきて、母の声が聞こえてきた。

「有里ちゃん、今日も学校から電話があったわよ。具合が悪いって言ったら、夏休みに入るので、その間にゆっくり治してくださいって、先生おっしゃってたわよ。大丈夫よね？　夏休みが終わったら、ちゃんと学校行けるわよね？」

私は黙ったまま布団にもぐり続けた。やっと母がいなくなると、制服から財布を取り出して食物を買いに行こうとした。道をふさいでいるフルーツのタルトを踏みつけ、足にべったりとついたカスタードクリームや潰《つぶ》れたブルーベリーを落としもせず、そのまま裸足《はだし》をローファーに差し込んで外へ出た。

私はコンビニエンスストアへ行き、清潔なおにぎりや弁当をかごへいれていった。

自分が働いていたときにはまったく気がつかなかったが、コンビニエンスストアの店員というのはとても無防備だった。大学生風の若い女がレジを打っている。その華奢な手首は、私でも簡単に組み伏せてしまえそうだった。

私は下唇をかみ締めて店員を見つめた。慣れていないのか、この店ではそういうマニュアルなのか、女は一つ一つの値段を読み上げながらゆっくりとレジを打っている。

私はレジの前を行ったり来たりしながら会計が終わるのを待った。そのとき、淡い桃色をしたピンクグレープフルーツの入ったゼリーが目に入った。それが一瞬ノートの中の心臓と重なって見え、反射的にそれを摑《つか》んで、かごに放り込んでいた。

お釣りと袋を女の手からもぎとってコンビニを出た。触れ合った皮膚の感触が指先に残っていた。青白い皮膚。その奥でからみあいながら破裂しそうに詰まっている、血管と内臓のことを思わずにはいられなかった。

部屋に戻り引き戸を閉め、皿にゼリーを出した。ゼリーの中に、グレープフルーツが閉じ込められている。

私はそっと手を乗せた。思ったより弾力があり、表面が手のひらの皮膚を押し返している。私は少しずつ力をこめてゼリーを握っていった。

弾力で抵抗していたゼリーが手のひらの中で破裂し、押しつぶされていく。透けた桃色のゼリーが指と指の隙間《すきま》からはみ出してくる。

これは自分の歌なのだ。そのとき突然、頭蓋骨《ずがいこつ》の中でその言葉がはじけた。卑屈な産声《うぶごえ》をあげたあの日から、私の中でずっと渦巻いていた言語が、歌になって外へ流れだそうとしているのだ。

私は心臓を演奏するのだ。この手で、肉体を、体温を、演奏するのだ。私はゼリーを手で味わうように、握りつぶしては開くという行為の中に沈みこんでいった。

気がつくと、形をなくしたゼリーが皿の上に平べったく広がっていた。

私はそれをトイレに流した。手のひらは爬虫類《はちゅうるい》のようにゼリーに濡《ぬ》れて光り、柑橘《かんきつ》類の匂《にお》いが鼻についた。

もう耐えることができず、私はノートを開いた。ノートにゼリーの汁が滴るのもかまわず、乱雑に文字を書き込んでいった。

『7月20日

肉体がそこにある。肉体の動きはもう静止させてある。着衣を取り除き、横たわらせる。

私には肉体の表面に、銀色の扉が見える。私はそれを開く。

私はその中へと踏み込んでいく。

私は、ついに、そこにたどりつく。』

私のシャープペンシルの先が文字を書きながら崩れて粉になっていく。私はシャープペンシルの先で、幻想の中の肉体を咀嚼《そしゃく》する。

『私はその中央に浮かんでいる、生命のコアというべき、心臓に手をのばす。

私の手のひらの中で無と再生が同時に巻き起こる。私はその感触を手のひらで味わう。

私は心臓を、手のひらで、咀嚼する。咀嚼する。咀嚼する。咀嚼する。咀嚼する。

私はコアを奏《かな》でる。私の歌は世界中に鳴り響く。鳴り響く。鳴り響く。

そしてそのとき、私はわかるだろう。なぜ私は膣《ちつ》にペニスをいれることができなかったか。なぜ私は言語というもので人と絡《から》み合うことができなかったか。私が選ばれた人間だからだ。私はたった一つの尊い手段を与えられていて、迷わずにここにたどりつくために、他の道は全て封鎖されたのだ。』

そこまで書き、やっと私の長い絶頂がおさまり、シャープペンシルを置いた。

私は笑っていた。そうだ。銀色の扉を探さなくては。私はその扉を開くために生まれてきたのだから。

なぜ、いままで躊躇《ちゅうちょ》していたのだろうか？　私は引き戸をゆっくりと開けた。リビングのドアは閉じられて光が届かず、廊下は夜のように薄暗かった。戸の隙間から暗がりが倒れこんできた。私は灰色に染まりながら、戸の外へと踏み出した。

マンションから灰色の路地へ出ると、通りの向こうからＯＬ風の華奢《きゃしゃ》な女がやってきた。ヒールを履いた足首は細く、スニーカーで地面をしっかりと踏みつけている私が衝撃を与えれば、すぐにバランスを崩してしまいそうだ。

淡い桃色のシャツはうっすら汗ばんでいる。髪の毛をあげていて首は細く、華奢な金色のネックレスがますますその脆《もろ》さを引き立てている。化粧はきれいに施され、パウダーがはたかれて、清潔に保たれている。

あの首と足首をつなぐ皮膚に、銀色の扉が眠っている。私はすぐに女の跡をつけ始めた。

重い資料か何かが入っているらしい大きな黒い鞄を片手で持ち、おぼつかない足取りで歩いている。昼時をすぎて、大通りは少しずつ人の流れが落ち着いてきていた。会社へ戻ろうとしているのだろうか、女は角を曲がって路地へとはいっていった。

それは私の家がある方面で、住民はいつも通り息を潜めていて、通りにはだれもいなかった。

女は重い荷物でせいいっぱいのようで、私の気配に気付く様子もなかった。私は立ち止まって荷物を右手から左手に持ち替える女の横顔を凝視した。見たことのない瞼《まぶた》、鼻、口、全《すべ》てが新鮮な違和感のあるバランスで配置されている。私となんの関係性もない人。汚れた脳で汚れた目で私を見ない人。彼女の腕を突然私が摑《つか》んでも、彼女は私の名を呼ぶことができない。脳の皺《しわ》の隙間に、なんのしがらみもへばりついていない彼女だからこそ、清潔な内臓で私を出迎えてくれるのだ。通りから人影がなくなった。私は彼女の背中に手をのばしかけ、自分が何の道具も持っていないことに気づいた。

私は可笑《おか》しくなって、声をだして笑ってしまった。女は驚いて振り向いたが、私が明らかに十代の女の子だったことに安心したのか、すぐ前を見て再び歩き出した。

私は笑い声を止めることができなかった。何て、馬鹿《ばか》だったのだろう。そうだ、銀色の扉を開くにはステッキが必要じゃないか。

私はその足で、街を歩き回った。子供のころ入った文房具店はもうつぶれ、改装されて名刺ショップになっていた。

いつのまにか足の下の歩道が見慣れない煉瓦《れんが》色になっていて、かなり遠くまで歩いてきていたと気がついた。私の住む近辺とは風景がだいぶ異なり、下町っぽい商店や飲食店が並んでいて、スーパーの袋を下げた親子連れや犬の散歩をしている老人などが歩いていた。

私は商店街へ入っていった。文房具店は本屋と一体になっていて、ステッキは売っていないようだった。私は乱暴にドアを閉めて本屋を出た。店員が驚いてこちらを見たが気にならなかった。

私は商店街を歩き回り、その中に、金物店を見つけた。雑多なものが積まれている店内の様子は、記憶の中の文房具店と雰囲気が似ていた。

棚の中に埃《ほこり》をかぶった鍋《なべ》やフライパンや、大小さまざまな紙箱がぎゅうぎゅうに詰められていた。

取り出さなくても中身がわかるよう、紙箱にマジックで中身が書かれている。私はその文字を一つ一つたどっていった。「フルーツナイフ」「ナイフ各種」の文字を見付けた私はその棚に顔を近づけた。その下には、なにも書かれていない箱が、変形するほど無理矢理押し込められて飛び出している。私は棚からそっとそれを抜き取った。

ひしゃげた蓋《ふた》をそっと開くと、中には小さなナイフが入っていた。刃の部分は白い和紙で包まれており、うっすらと銀色が透けて見える。

レジには人はおらず、ガラスの引き戸の奥に季節外れのコタツに入ってテレビを見ている老人が見えた。

私はその前を通り過ぎて店を出た。埃で灰色に染まった両手の中に、銀色の重みが静かに納まっていた。

私はずっと長いことパズルをしていたのだ。そして今、最後のピースがぴったりとはまり、私は完成したのだ。私ははっきりとそう思っていた。

「どうしたの、いつの間に出かけていたの？」

私は母を無視して部屋へはいり、ビニール袋からナイフを取り出した。

それはステッキとそっくりに見えた。パールちゃんの真似《まね》をしていたところを思い出し、そのナイフをもった右手をもちあげた。

ナイフの中に銀色の光の筋が見える。

私はパールちゃんの魔法などより、はるかにすぐれた力を手に入れたのだ。私はあのときのようにステッキを振った。ナイフの先が、壁をひっかき、壁にかけてあった制服を切り裂いた。

私はうっとりと、自分の指先からあふれ出る力の爪痕《つめあと》を眺めた。自分の右手に力が宿っているのがわかった。

私は喉《のど》が渇いていたことに気付き、ナイフを丁寧に置いて戸をあけ、台所へ行った。すぐに母がすりよって話しかけてきた。

「どうしたの、おなかすいたの？」

私は黙って冷蔵庫からミネラルウォーターを取り出した。

「有里ちゃん、きっと疲れてるのね。あんまり外に出ないで、おうちでお休みしてたら？　外にいるところ、近所の岡山さんが見たっていうの、有里ちゃん高校やめたんですかっていうのよ」

私が乱暴に冷蔵庫を閉めると、母は黙り込んだ。いつの間にか、私がアカオさんになっていた。台所からガラスのコップを一つ持ち上げ、流しに向かって投げつけた。コップは激しい音をたてて、流しの中で破片になった。

私は身を縮めて俯《うつむ》いた母を満足げに眺めた。

「どいて」

私の言葉に従い、母は台所から慌《あわ》てて身を引いた。私はゆっくりと自室に戻り、部屋の中央で横たわっているナイフの光を見下ろした。

公園に座っていると、子供を砂場で遊ばせている主婦たちが、昨日起こったという強盗殺人事件の話をしていた。

「今も逃走中なんでしょ？　この近くよね、怖いわ」

「小さい子だっていたのに、平気で殺しちゃったんだものね」

「お金のために、なんでそこまでできるのかしら。もう、ああなってしまったら、人間じゃないわね」

「ほんと、化け物ね」

私はそれを聞いて少し微笑《ほほえ》んでしまった。そんなものよりずっと完成された化け物が側《そば》に座っているとも知らずに、何て無防備なのだろう。彼女達の子供の中に、私が銀色の扉を見つけるかもしれないのに。

家に帰ると母がテレビを見ており、私に気付いて慌てて立ち上がる。私はそちらに視線すらやらずに画面を見た。丁度、さっき話題になっていた強盗殺人のニュースをやっていたからだ。

死体はかなり残酷な状態で発見されたらしいが、私とは根本的に違うと思った。皮膚の外側の世界であれこれやっている者と私とでは、まったく質が異なるのだ。殺人という意識があるうちは「人間」の範囲に留まっているようにしか見えない。彼らの殺害活動はとても人間味溢《あふ》れるとは思うが、それだけだ。私には私にしか開くことができない扉があるのだ。

私は改めて思った。やはりこの感覚は私だけのものだ。誰もが理解不能の化け物だと私を罵《ののし》るだろう。そのことを誇らしく思った。私は死体を演奏し、音楽を奏《かな》でる。私はもう人間ではないのだ。

私はテレビを消すとリモコンをテレビに打ちつけ、リビングを出た。

私は自分の歌を邪魔されることが我慢できない。夜は遅くまで働く人間が徘徊《はいかい》している。真夜中になれば嘘《うそ》のように人気《ひとけ》はなくなるが、それでは標的もいないことになる。実行に移すのは早朝がいいだろう。

私はとても冷静だった。それが自分が凡庸な殺人者とは違うことの証明であると思った。


世間では子供達は夏休みのようだったが、平日の大通りではいつも通り働く人々が汗をぬぐいながら行き交っていた。お盆の数日間だけは日曜日のように閑散としてしまう。そうなる前に、私は扉を開こうと思っていた。右手には小さな黒いビニール製の手提げを持っていた。手提げの取っ手からは、中の銀色の重みが感じられた。

今日は早朝から人気のない路地の中で標的を待ち伏せしていた。確かに車が入りづらく人目につきにくいが、人通りがなさすぎて、こちらから呼び込まないと標的がつかまらない。だからといって大通りには朝からタクシーが何台も走っていて、思い通りにはいかなさそうだった。

普通の殺人者なら標的の身体《からだ》にナイフを刺せばそれでいいのだろうが、私は違うのだ。動きの止まった標的の身体の中に、銀色の扉を見つけ、それを開かなくてはならない。そしてその扉の向こうへ踏み出さなくてはならないのだから。

待ち伏せをして時間を潰《つぶ》してしまったせいで、大通りにはもう勤め人が歩き回り始めていた。慣れた動きで自分の会社へと向かう人々の中、いつまでも立ち止まっている黒い影に、私はすぐに気がついた。

もう蟬《せみ》の声が聞こえ始め、半そでのシャツのサラリーマンが汗をぬぐっているというのに、黒いスーツ姿の、上着までしっかりと着込んだ若い女が、立ち止まって真剣に地図を見ているのだった。

「どこか探しているんですか？」

私は女に声をかけた。私から出ているとは信じられないような、張りのある、快活な声だった。女はハンカチで汗をぬぐいながら振り返った。背の高いその女は、ヒールに慣れていないのか、少しよろめきながらこちらへ一歩近づいてきた。

「ええ、ちょっと、この地図がどこだかわからなくて」

「見ていいですか？」

「ちょっと奥まったビルみたいで。まだ時間に余裕があるんで、交番の場所だけでも教えてもらえると有難いんだけど」

「大丈夫です。私が見ます」

私は女から地図を取り上げた。上には会社の名前と時間が書いてあり、大学生向けの説明会と大きい字で説明してある。

「このビルなら知ってますよ。こっちが近いです」

私はそういい、地図を持ったまま歩き出した。女は一瞬戸惑った様子だったが、大人しくついてきた。

この街に慣れきっているOL達と違って、緊張している様子で少し隙《すき》がなさそうだが、土地勘がないのは都合が良い。冷静な分析の上に、すぐに発情が覆《おお》いかぶさってきた。女の青白い皮膚には汗の粒が浮かんでいる。黒い髪の毛はきっちりとまとめられ、細い首が露《あらわ》になっている。私の頭の中はあっという間にそれだけに支配された。頭がぼうっとして、足がどんどん、さっきまで待ち伏せをしていた人気のない路地へと向かっていた。

女は地図もろくに見ずに早足で歩く私に不安になったのか、駆け寄って声をかけてきた。

「あの、地図、一回返してもらっていいですか？」

「大丈夫ですよ。連れて行ってあげますから」

「あの、でも……」

通りの右手に、自分が通っていた中学校が見えてきていた。違う道を通れば良かったと思いながら時計を見ると八時過ぎだった。学校は夏休み中だが、部活の練習がある生徒が姿を現し始める時間だ。私はさらに速度をあげてそこを通り過ぎようとした。

「こんなに、大通りから離れてないはずなんですけど……あの！」

女が大きな声をあげたので、私は震えるため息をつきながら振り返った。私は扉を開けたいだけなのだ。それだけなのに、なぜこんなに手間がかかるのだろうか。苛立《いらだ》ちが這《は》い上がってきて、内臓が熱を持った。私は持っていた地図を地面に投げつけた。

「何するんですか！」

「捨てたんです」

女が慌てて拾おうとするので足で地図を踏みつけて拾い上げ、今度は二つに引き裂いた。

「もういらないです。道なら私がわかるって言ってるでしょう！」

私は地図を丸めて中学校のフェンスの中に投げ込んだ。すぐに女が校門に向かおうとしたので、彼女の肩を勢いよく押した。

「部外者が入ると怒られますよ。だから私についてきてください、さっきからそう言ってるじゃないですか！」

「あなた、ここの中学生？　どうしてこんな悪戯《いたずら》するの」

なぜ、こんなに言ってもわかってくれないのだろうか、この女の中に、本当に銀色の扉はあるのだろうか。私は早くそれが知りたくて、なかなかそれができないことに対する逆上が抑えられず、女の肩をもう一度突き飛ばした。

女は少しよろけたが、すぐに体勢をたてなおし、こちらを睨《にら》んだ。

「学校の先生に言って、注意してもらうからね。逃げても、特徴をちゃんと言えばわかるんだから」

女はそういうと、校門を押し開けて中へ入っていった。転がっていた地図を急いで拾い上げている。

(扉を開きたい……歌いたい、産声《うぶごえ》を歌いたい) 私は手提げの中をまさぐった。そこには銀色の感触があった。指先が刃とこすれ、痛みが走った。刃の鋭さを直《じか》に感じた私はむしろ高揚し、体液が滴《したた》る手でしっかりと柄を握り締めた。

　私は足をもつれさせながらも速度をあげて、少しずつ女に近づいていった。

　女は職員玄関を見つけ出し、そこから校舎へ上がりこんでいた。私は女の青白い皮膚ばかりを見つめながら校舎へ踏み込んだ。鞄《かばん》の中に手を差し込んだままナイフの柄を摑《つか》んで、息を荒げて、よろけて、職員玄関の前の廊下にある棚にぶつかった。ガラス製の戸が揺れる大きな音がして、女は足を止めてこちらを振り返った。

　靴のまま廊下に上がりこんでいた私は、そのまま動きを止めて、ガラスの中を見つめた。

「ちょっと……」

　異様な様子に、驚いて女が近づいてくる。

「わかったよ、先生には言いつけないから……ああ、もう、こんな時間。急がないと……あなた、大丈夫？」

　女は気味悪そうに私を見て、二つに裂けた地図を持って急いで去っていった。

　私は戸棚の中を呆然《ぼうぜん》と見つめていた。

　それは校内の落し物が集められている戸棚だった。上の戸棚には手袋、手提げの鞄、財布、ポーチなどが並べてあり、それぞれに月日と拾われた場所が書かれた紙が貼《は》られていた。

そして下の戸棚にはゴミと見分けがつかないような、汚れたハンカチだとか体操服、分度器やリコーダーなどが段ボール箱に押し込められていて、その中に、銀色の真《ま》っ直《す》ぐな光が見えるのだった。

私は戸棚に手をのばした。財布や鍵《かぎ》などの貴重品が入っている上の戸棚には鍵がかかっているようだったが、下の戸棚はガラス戸が一つしかはまっていなくて、片側は空洞だった。私は黒色の手提げを握り締めたままガラス戸の中に手を差し込んだ。

そのとき、職員室から人が出てくる気配がした。私は急いで段ボールの中の光を握り締め、確認する間もなく、その場を駆け出した。

私はそのままオフィス街を駆け抜けていった。右手に下げている鞄にはナイフが、左手には冷たい感触だけがあった。

息が切れてへたりこんだのは、路地の中にある古いオフィスビルの足元だった。灰色の建物の窓ガラスには、「貸事務所」と書かれた大きな紙が貼り付けてあった。

私は荒い呼吸を繰り返しながら、ビルの下にある駐車場の中へ這っていった。中には車は止められておらず、上の貸事務所の連絡先が書いた紙が貼ってあるだけだった。

その奥で、やっと息をつきながら左手を開いた。そこには埃《ほこり》でくすんだステッキが横たわっていた。

私は黒色の手提げの取っ手を握り締めた。さっき刃を掠《かす》めた親指が、生温かい液でぬるついていた。

私はステッキを地面に投げつけた。ステッキは数度回転し、ゆっくりと静止した。銀色のキャップが、こちらを見ている。それはあの頃とまったく変わらない、目と鼻と口のないステッキの顔だった。

私は一瞬、その顔に頬をすりよせたくなり、思わず身を乗り出しかけた。その拍子に手提げが揺れ、中でごそりとナイフが蠢《うごめ》く音がした。

(私は……銀色の扉を……)

銀色の扉を開かなくては。私は下唇をかみ締め、鞄からナイフを取り出した。

(開かなくてはいけないんだ……私は、そのために……)

私はナイフをステッキに突き立てた。尖《とが》った刃に弾かれて、ステッキが転がった。

(私は……歌いたい……)

私は目鼻のないステッキの顔へと勢いよくナイフを振り下ろした。

（銀色の扉を開けて……歌いたい）

ナイフはステッキの顔を弾き、金属が金属を引っかく音が響いた。気がつくと私はナイフをステッキの首元に差し込んで、中から金属棒を引きずり出していた。

私は、幼いころ襖《ふすま》に向かって魔法ごっこをしていたときとそっくりの動きで、ステッキにナイフを当て続けた。華奢な金属棒を露にしたステッキは、地面とナイフの間で跳ね返っては折れ曲がっていった。

そのとき、ナイフの先がステッキの顔を弾き、突如そこだけが外れて転がっていった。私は思わず手を止めた。

目と鼻のない顔がとれ、中から、一回り小さい、小さな螺子《ねじ》のようなもう一つの顔が露になった。

私は突然仮面をとって、素顔を現したステッキに怯《ひる》んで、後ずさった。

私は口を開いて、怒鳴り声を思い切り嘔吐《おうと》して、ステッキに浴びせ掛けようとした。けれど、喉《のど》から声は出なかった。

ステッキは歌っていた。ステッキの歌声は、無音の歌だった。世界から音を吸いこみ、無へと引きずり込んでいった。車の音が消え、遠くでざわついていた人ごみの音も消え、街中に、ステッキの奏でる無が響きわたった。

私の手からナイフが滑り落ちた。音のない地面に衝突し、回転しながら遠ざかっていく。ナイフの中にあった光のすじは灰色の地面に溶けていった。

ステッキは、その無音で、私の脳をさらに握り締めていった。私はうずくまった。頭をかかえた私の耳から呼吸の音も微《かす》かな鼓動の音も消えていき、無音という歌は、私の脳を演奏し続けた。

私は、音のなくなった頭をあげて薄く目を開いた。

そこには、まさに、私がそうなる筈《はず》だった、完成された化け物そのものが横たわっていた。

小さな顔には横線が何本も刻み込まれ、身体《からだ》のどこよりも透き通った銀色に反射している。そこからのびていく身体は、光の筋を内包したまま大きく折れ曲がっている。

私は、小さいころ赤い枠の鏡にしていたように、両手をその神聖な化け物へ向かって伸ばそうとした。ステッキは、その身体でどこかをまっすぐに指しているようだった。

私はステッキの示す場所を探そうとコンクリートの上に両手を這わせた。ステッキは無音で歌い続け、その声はどんどん大きさを増し、私の内部で膨張し続けた。

コンクリートの上をまさぐっていた右手が自分の身体に触れたとき、ステッキが指しているのはここだとわかった。服の隙間から銀色の光が溢《あふ》れていたからだ。

ふっと空を見上げると、やはりそこは、中学生のときと同じようにしっかりと塞《ふさ》がれていた。

外の世界が私を呼んでいた。私の指紋と脳の貼り付いた跡にまみれた街に、今、初めて外からの光が触れていた。

黒いTシャツをたくしあげると、私のあばらの浮き出た未熟な胴体は銀色に輝いていた。

銀に光る身体に手のひらをあてがい取っ手を発見すると、私は強くそれを握り締めた。

ステッキが頷《うなず》いた気がした。私は力をこめて取っ手を回した。その瞬間、視界が色彩の渦に飲み込まれ、音のない世界に、はっきりと、扉を開く音が響いた。

解説

藤田香織

　つくづく、村田沙耶香は怖ろしい作家です。

　二〇〇三年に第四十六回群像新人文学賞優秀作となったデビュー作「授乳」（「コイビト」「御伽の部屋」と併せ〇五年講談社刊→講談社文庫）から、二〇一二年の秋に刊行され、今年第二十六回三島由紀夫賞に輝いた『しろいろの街の、その骨の体温の』（朝日新聞出版刊）まで、これまでに発表されたいずれの作品も、読むたびに、そう感じました。

　怖い。容赦がない。気味が悪い。それはもう、短編でも長編でも変わることなく、時にはあまりの生々しさに、読んでいた本を遠ざけたこともありました。そうでもしなければ、主人公が侵されている毒に感染してしまうような気がして。

　が、しかし。にもかかわらず、読むことを止められない。遠ざけた本を放り出すことは出来ない。気がつけばまた、食い入るように文章を追いかけ、その世界に引きずり込まれてしまう。怖い。でも知りたい。怖い。だけど見たい。抗《あらが》いきれないのは作者のなかに棲《す》む「狂気」が、ともすれば自分のなかにもあるかもしれない、と思わされるからです。

大人になる過程で、なんとなく飼い慣らしたつもりでいた憎悪や欲望が目を覚ます。ココニイルヨと叫びだす。ずっと目を逸《そ》らしてきた物事や感情と対峙《たいじ》せざるを得なくなる──。となれば、怯《おび》えずにいられるはずはありません。

本文を未読の方は、覚悟して下さい。「ひかりのあしおと」「ギンイロノウタ」と、タイトルを一見しただけでは、柔らかな温かみさえ感じる二作が収められた本書は、決して甘くないことを。ほのぼのまったり癒《いや》されることもなければ、心のビタミン本的効果など皆無であることを。

けれど同時に、期待して下さい。万人受けする、無難で「それなり」の物語とは対極にある、不器用で不自由な主人公が構築する不穏極まりない本書の物語世界は、だからこそ救いにも成り得ることを。

二〇〇八年十月に単行本が発売された本書は、デビュー作の『授乳』から約三年を経て送り出された『マウス』(〇八年三月講談社刊→講談社文庫)に続く、村田沙耶香三冊目の著書になります。最初に収められている「ひかりのあしおと」は、小説誌「新潮」の〇七年二月号に掲載された作品。主人公の古島誉は、小学二年生のとき〈ピンク色の布地に包まれた怪人〉に新しくできたばかりの公園のトイレへ押し込まれ、閉じ込められた日を境に、大学生になった今も、人型の光に囚《とら》われるという強迫観念を抱き続けています。友人たちと上手く関係性を築けず、すぐに押し黙ってしまうため、友ついた渾名《あだな》は「岩」。「気持ち悪い」という評価も耳慣れたものです。けれど誉は、友達を作ることは下手なのに、恋人を作るのはとても上手でした。彼女はそれを「悪い癖」だと自認している。中学二年生で塾の講師と初めてレンアイ関係になって以来、連続してレンアイを繰り返し、今もかつてのアルバイト先の店長だった「隆志さん」と関係を続けています。〈レンアイをしている初期段階では、いつも光への恐怖が薄れます。だから私は思い込んでしまうのです。この人こそ私の救世主だ、というふうに〉。けれどやがて隆志さんは救世主などではないことに誉は気付き、大学で知り合った男の子＝芹沢蛍へと気持ちを移していく。

と書くと、トラウマに苦しみ、その呪縛《じゅばく》から解き放たれたいと願うあまり恋愛に救いを求め、結果として不毛な恋を繰り返してしまう女の子の話、のようですが、それは嘘《うそ》ではないものの、村田沙耶香の描く物語はそうしたありがちな世界には留《とど》まりません。恋愛を「レンアイ」と呪文と同じくカタカナで記す意味も深い。

誉を「呪縛」しているものが、トイレ閉じ込め事件そのものではなく、「愛菜ちゃん」と呼ばれる母親と、自らも妻をそう呼ぶ父親を含めた家庭環境にあるのは明白です。いくつになっても「可愛《かわい》い」を享受《きょうじゅ》し、〈強制的に周りを『見守る者』に仕立て上げてしまう才能〉を持った母。誰からも愛され慣れている、一度も染めたことのない黒髪を、いつも二つ結びにしている母。自分以上に少女らしい愛菜ちゃん。そんな母を持ってしまった誉の息苦しさは、想像するだにホラーです。〈ピジイテチンノンヨチイクン。ピジイテチンノンヨチイクン〉。呪文を繰り返さずにはいられない誉は確かに病んでいるけれど、母も父も隆志さんも、客観的に見てドウカシテイル。加えて、個人的には蛍のどこまでも健全すぎる言動にも、そこはかとない恐ろしさを感じます。

対する表題作「ギンイロノウタ」の初出は、「ひかりのあしおと」と同じ「新潮」の〇八年七月号。こちらの主人公・土屋有里もまた、どっぷりと病んでいます。母親曰《いわ》く〈生まれたときから内気だった〉有里は、成長しても〈その卑屈な産声と同じような喋《しゃべ》り方〉で、聞いている人間を苛々《いらいら》させてきたと言います。極端な人見知りで内向的な性格は、常に夫の顔色を窺《うかが》い、甘い声を出していたかと思えば突然ぐるりと反転し「オカアさん」ならぬ「アカオさん」と化す母親の態度による影響が大きい。けれど、まだ幼かった有里は、闘う術《すべ》を知りませんでした。そんな彼女の救いとなったのが人気アニメの「魔法使いパールちゃん」。魔法のステッキを振り、異界への扉を開くパールちゃんを真似《まね》、有里は文房具屋で購入した銀色の指示棒を振り続け、暗い押入れで自分はいつか魔法が使えるようになると夢想します。ここではないどこかへ。子どもではない大人の国へ。大人になればきっと。

押入れの天井に、切りとった名も無い男の「目」を貼《は》り付け、その目の下で自慰を覚え、大人になれば本物の目玉を持った大人の男に求められるはずだ、と思い込む。しかし、そんな願いも小学六年生のある日、クラスでも冴《さ》えない井岡くんによって一蹴《いっしゅう》されてしまいます。「女の身体」には価値があると思っていたのに、自分の身体は望まれていない。ならば安さで勝負するしかない。〈私は誰よりも私を安く売るんだ。そして誰よりも喜ばれて見せるんだ〉。誰も肯定してくれない、誰も求めてくれない「私」を守ろうと、自分だけの世界を構築していく有里の孤独と絶望。やがて抱く暗い「衝動」。ようやく開かれた扉の先に、有里はどんな景色を見たのか――。

息を詰めるようにして読み進み、ページを閉じた後、誉と有里を小説という作り話のなかに住む、架空の人物だと割り切れる人は幸福です。誉や有里と同じような「少女」と呼ばれた時代、私は私なりに息苦しかった。呪いもしたし恨みもした。蹲《うずくま》ったまま動けなくなった日もあった。紙一重だった、と思うのです。本書に限らず、村田沙耶香の小説のなかには、絶えず叫びと祈りが響いています。少女であること、妻であること、母であること、女であること。その生き難さに喘《あえ》ぎ、けれど周囲と同じようには現実と折り合いがつけられず、傷だらけになっても足掻《あが》き続ける魂の叫びと祈りが。

愚かだとも思います。不器用すぎるとも思います。けれど、彼女たちは、鈍くあることで深みにはまらないように生きてきた、今、ここに在る自分の分身ではないか、という思いも私は捨てきれません。誰もが共感できる物語ではないけれど、「目を逸らしてきた」自覚のある人には、これ以上ないほど深く刺さる。村田沙耶香が物語に流し込む毒は、強烈な痛みと苦しみを伴うけれど、同時に、痺《しび》れるような快感を抱く人も少なくないはず。

〇三年に新人賞を受賞してから最初の単行本が出るまでに二年、次作となった『マウス』刊行までさらに三年とスロースターターだった村田沙耶香ですが、本書で第三十一回野間文芸新人賞を受賞し一段と注目を集めたこともあり、これ以降、コンスタントに作品を発表し続けています。二〇一〇年二月に上梓《じょうし》された『星が吸う水』（講談社刊→講談社文庫）と続く『ハコブネ』（一一年十一月集英社刊）は、恋愛という枠を超え、性について真摯《しんし》に掘り下げ、『タダイマトビラ』(一二年三月新潮社刊)と現時点での最新刊である『しろいろの街の、その骨の体温の』では、本書から連なるキーワードも随所に見られます。今年、小説誌「野性時代」(一三年七月号/角川書店)に掲載された「丸の内魔法少女ミラクリーナ」は、これまでとはまったく異なるエンターテインメント色の濃い作品で、こ、これを村田沙耶香が!? と大いに笑い、驚嘆させられもしました。

最後に。「作家と作品は別物である」とよく言われますが、実際の村田沙耶香さんは、恐らく作品に触れた読者が想像するであろう姿とはまったく違う、ということも記しておきたいと思います。常に微笑みをたやさず、しかもそれが「仮面」とは思えない。穏やかで華奢《きゃしゃ》で、嫌味がない。私はいつも羽海野チカさんの人気漫画『ハチミツとクローバー』の主人公、はぐちゃんと重ねてしまいます(そういえば、はぐちゃんの渾名のひとつは「マウス」ですね!)。にもかかわらず、そんな村田さんが、こうした作品を書き続けていることが、実は何よりも怖ろしい。

より広く、より深く、進化し続ける村田沙耶香は、これからどんな「扉」を開いていくのか。何度でも、いつまでも、そこに広がる世界を見続けたいと願っています。

(二〇一三年十一月、書評家)

この作品は平成二十年十月新潮社より刊行された。

新潮文庫最新刊

恩田陸・阿部智里
宇佐美まこと・彩藤アザミ
澤村伊智・清水朔著
あさのあつこ・長江俊和

あなたの後ろにいるだれか
—眠れぬ夜の八つの物語—

恩田陸の学園ホラー、阿部智里の奇妙な怪談、澤村伊智の不気味な都市伝説……人気作家が競作、多彩な恐怖を体感できるアンソロジー。

末盛千枝子著

「私」を受け容れて生きる
—父と母の娘—

それでも、人生は生きるに値する。美智子様のご講演録『橋をかける』の編集者が自身の波乱に満ちた半生を綴る、しなやかな自叙伝。

益田ミリ著

マリコ、うまくいくよ

社会人二年目、十二年目、二十年目。同じ職場で働く「マリコ」の名を持つ三人の女性達の葛藤と希望。人気お仕事漫画待望の文庫化。

S・シン
青木薫訳

数学者たちの楽園
—「ザ・シンプソンズ」を作った天才たち—

アメリカ人気ナンバー1アニメ『ザ・シンプソンズ』。風刺アニメに隠された数学トリビアを発掘する異色の科学ノンフィクション。

M・キャメロン
田村源二訳

密約の核弾頭（上・下）

核ミサイルを積載したロシアの輸送機が略奪された。大統領を陥れる驚天動地の陰謀とは？　ジャック・ライアン・シリーズ新章へ。

企画　新潮文庫編集部

ほんのきろく

読み終えた本の感想を書いて作る読書ノート。最後のページまで埋まったら、１００冊分の思い出が詰まった特別な一冊が完成します。

ギンイロノウタ

新潮文庫　む－17－1

平成二十六年一月一日発行
令和三年八月二十五日五刷

著者　村《むら》田《た》沙《さ》耶《や》香《か》

発行者　佐藤隆信

発行所　株式会社新潮社

郵便番号　一六二―八七一一
東京都新宿区矢来町七一
電話　編集部(〇三)三二六六―五四四〇
読者係(〇三)三二六六―五一一一
http://www.shinchosha.co.jp

価格はカバーに表示してあります。

印刷・大日本印刷株式会社　製本・加藤製本株式会社

ISBN978-4-10-125711-2 C0193